嘉陵十卷

阿蛮 著

重庆出版集团 重庆出版社

图书在版编目（CIP）数据

嘉陵十卷 / 阿蛮著. -- 重庆：重庆出版社，2025.
5. -- ISBN 978-7-229-19303-4
Ⅰ．I267

中国国家版本馆CIP数据核字第2025UT0212号

嘉陵十卷
JIALING SHIJUAN
（重庆市渝中区文艺精品创作扶持项目）
阿 蛮 著

选题策划：李　子
责任编辑：钟丽娟　刘　丽
责任校对：刘　刚
封面设计：荆棘设计

重庆出版集团
重庆出版社　出版

重庆市南岸区南滨路162号1幢　邮政编码：400061　http://www.cqph.com
重庆升光电力印务有限公司印刷
重庆出版集团图书发行有限公司发行
邮购电话：023-61520646
全国新华书店经销

开本：890mm×1240mm　1/32　印张：7.875　字数：216千
2025年5月第1版　2025年5月第1次印刷
ISBN 978-7-229-19303-4
定价：49.80元

如有印装质量问题，请向本集团图书发行有限公司调换：023-61520678

版权所有　侵权必究

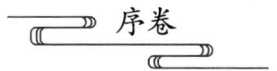

序卷

探问母亲河那些谜题

母亲河,历来是一个具有崇高属性的名词,很多民族、很多地区、很多人都有自己认定的那样一条母亲河,说起来都有一种亲切感和神圣感。我也不例外,很早就有了这样的概念。

我出生在两条大河环抱的渝中半岛,从小陪伴我的便是长江、嘉陵江。那时重庆城的居民习惯把长江叫作大河,把嘉陵江叫作小河,故有俗语,"小河淹死旱鸭子,大河淹死会水人"。这一点我有亲身体验。

那年夏季的一天,我跟着上中学的哥哥去长江游泳。原打算从南纪门川道拐下水,放滩至东水门上岸,2000来米距离,搭上激流很快就能到,比坐公交车还快。但那天运气不佳,恰逢长江发"沙水",江水挟着泥沙,浑浊呈红色,水流比往日更急,很快就到了望龙门。再一看,糟了,望龙门缆车下站台已淹没大半，只露出半截混凝土平台和一圈铁栏杆。眼看就要撞上站台，便听到哥哥大喊："抓住栏杆！抓住栏杆！"

我踩着水奋力一跃，双手撑住平台，让上身离开水面抓住铁栏杆。但两条腿仍被冲进了平台下方桥洞，仿佛突然出现的水鬼要把我拽往地狱。幸亏我有个水性一流的哥哥，他身手敏捷地蹿出水面，攀上站台翻进去，反身倚着铁栏杆抓住我的手，硬把我从水鬼手里抢了回来。我的胸部、腹部和双腿被粗糙的混凝土刮出道道血痕，从此我对长江便多了几分敬畏，再不敢轻言挑战。

相较之下，嘉陵江要温柔得多，水流很多时候都比较清澈、平缓，仿佛老天爷专为我们准备的一个天然游泳池，身浸其中，便有一种亲切感。而我们在嘉陵江里创造的玩法也更多，乘浪、梭巷、吊舵、扒趸船跳水，以及打水仗等等。放滩也分了快慢，涨水时搭急流叫放快滩，江水平缓时叫放慢滩。总之，嘉陵江给了儿童少年时代的我更多的快乐与新知，犹如母亲给予孩子数不清的爱与唠叨。

不过，洪水季节的嘉陵江也有让人惊心动魄的时候，犹如温柔的母亲偶尔也会露出严厉的一面。有一次我们跟另一条街的崽儿玩起了打水仗，双方在水里排成阵势，都把手掌蜷成瓢状撮水互攻。那天对方人多，攻击力超强。我们不甘败退，顽强反击，惹起对方怒火，撮水变成了互殴。不知谁仿效电影里的败军之将，英勇地喊了一声："撤退！"于是我们反身光荣逃亡。

我的逃亡有点狼狈，打水仗几乎将体力耗尽，此时只能任

清光绪《重庆府治全图》中的嘉陵江与朝天门码头

由江水带着漂流。突然听得一声喊:"崽儿你不要命哪?下面是'夹马水'!"我不禁浑身一颤,才发现自己已被江水冲到了四码头,是趸船上一水手冲我呼喊。猛然惊觉,我拼了命地往岸边游,总算脱了险。扭头回望,不寒而栗,差点被冲进了"夹马水"!

"夹马水"是朝天门两江汇洪水季节的特有现象,嘉陵江与长江在此撞击出一道堤坝般的怒涛,长长地延伸出去,很久才渐渐隐没。相传三国时刘备令赵云督守江州,赵云扎营渝中半岛沙嘴滩头,一匹骏马落水两江汇,也没逃脱覆亡命运,故称"夹马水"。马且如此,何况人乎?

长大以后忙起来,就很少下河了。偶有闲暇,到码头凭栏眺望,儿时情景再现眼前,便多了些好奇与遐想。嘉陵江的奔流行程仿佛一首规模宏大的交响诗,尾声在此,它的序曲、主题和变奏又怎样呢？由此有了寻根嘉陵江的想法，却一直难以成行，总有忙不完的事，直到有一天去了秦岭太白山。

太白山为秦岭主峰，号称西北之极，但名气却不及华山和终南山。它似乎有一种与世无争、包容大度，虚心收纳众山精华入怀的迷人气质。我便是为那不同凡响的气质所着迷而去的。

在太白山碰到两位与我年龄相仿的摄影师，两人各背一只大背包，里面除了各种摄影器材，还有登山和露营的装备。他们是一对夫妻，曾是地质勘探队员，退休后不忘本行，喜欢行走各地，登山摄影，也作地质考察。

为了拍摄太白山美景，夫妻俩已经来过六次，每次设定的目标都是登上主峰，拍摄日出和云海。无奈天难从人愿，六次努力登顶，五次遭遇失败，多因天气突变风险陡增不得已撤退。但两人从未放弃，第六次终于登顶成功，拍下的照片在全国比赛中获奖。这次是他们第七次登太白山，只为喜欢这山。

听说我来自重庆，已经走过秦岭终南山、翠华山、圭峰山和华山，两人好奇地问，是不是我也从事过地质工作，我说不是，只是喜欢这些山，仁者乐山，我大言不惭。两人笑起来，又问我，去没去过代王山？

代王山也属秦岭，是嘉陵江源头之山，我虽向往，却一直未能成行。我有些窘迫地解释说，有计划以后去。

"以后是什么时候？"男地质队员皱起眉头看我，询问变成了质问。不待我回答，又说，"同一条嘉陵江，朝天门是江流之尾，代王山是水源之头。若只知其流，不知其源，就说不上了解那条江。没有智者乐水，哪来仁者乐山？"说罢又抱歉地一笑，说，"跟你说着玩呢，别介意。今天天气好，我们还想登上拔仙台。你慢慢爬山，能走多远走多远，不要勉强。"

我立即意识到了自己的弱点，与两位老地质队员相比，登山和爬山的差异已经明显得如同鸿沟。同时也明白了山与水的真正关联，如不能完成计划中对母亲河嘉陵江的踏访考察，我永远没有资格自认"仁者乐山"。

时不我待，我开始认真作行程准备。首先把以往散点式走过的嘉陵江沿线图片找出来，按时间和地域顺序做成可用的资料集。接着查找历代典籍和地方志中关于嘉陵江的记载，了解历史上发生过的重要事件和相关人物故事。很快我发现了一些让人困惑的谜题。

历史上对于华夏大地河流水情的记载，最权威的是北魏地理学家郦道元所著《水经注》。令人意外的是，该书竟然没有"嘉陵江"这个词，与其相关的仅有"嘉陵水"和"嘉陵道"，且都一语带过，没有任何解释，也没有细节描述。细读下去，才在《水经注》卷二十里，据其对秦岭以南多达数十条河流的描述，找到了与今日嘉陵江各段方位相吻合的记载。原来从先秦到南北朝，这条河还没有统一的名称，而是各段命名，分别叫漾水、故道水、西汉水、汉水等。对于重庆段的记述也只有一句话："（汉水）又东南过江州县东，东南入于江。"

我所见的典籍里最早出现"嘉陵江"一名，是公元七世纪唐高宗时代道宣法师所撰《续高僧传》对阆中环境的描述，且仅出现一次，并没有涵盖嘉陵江全流域。整个隋唐时期，就连嘉陵江注入长江之处的城市渝州（今重庆），也仍称这条河为

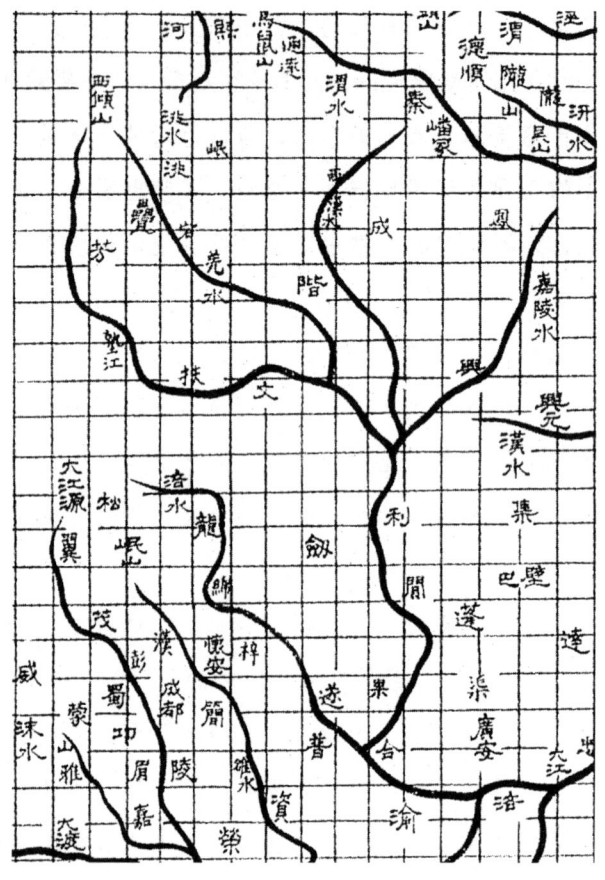

北宋《禹迹图》中的嘉陵江流域

"渝水",而非"嘉陵江"。"嘉陵江"什么时候才成为通称的,这成为一大谜题。

嘉陵江的第二大谜题,是《尚书》记载的"嶓冢导漾,东流为汉"里的"汉",究竟是指今天的汉江,还是嘉陵江?此问题早在一千多年前就争论开了。直到今天,还有陕西宁强县汉王山古汉水源,与甘肃天水市齐寿山西汉水源两个说法,形成"一个汉字,两种表述"的文化奇观。

嘉陵江的谜题还有很多。比如,白龙江、故道水、西汉水,谁才是其真正的源头?唐代画家吴道子《嘉陵江三百里山水图》所画山水是其中的哪一段?等等。面对这些谜题,我不禁发问,古代巴蜀地区人们赖以生存的这条河究竟有着怎样的变迁史?它曾经的名称究竟叫什么?这里究竟发生过哪些重大事件?何人于何时在此留下了带给人们生活改变,甚至影响历史进程的业绩?

一系列问题列出来后,我决定背起背包,带上一台单反相机,加上换洗衣物及雨伞、创可贴、风油精之类必备物品,打起精神做一回独行侠。

踏访途中我大多是搭乘公共交通工具——火车、班车、旅游大巴、县乡小巴、出租车等等。有时也打摩的,以及搭乘乡民的载重车、三轮车、皮卡等。总之是逮着什么车就乘什么车,能走多远就走多远,车去不了就步行。在秦岭和大巴山区,我穿行多次,有失望也有欣喜。譬如齐寿镇之行。齐寿镇在民国《天水县志》里,是"嶓冢导漾,东流为汉"的第一原乡。镇街很小,没有宾馆,出租车把我送到七公里外的平南镇住下。在街上吃晚饭时,我与饺子店老板交谈,问镇街旁那条小溪叫什么名,回答竟然是没有名。老板是两兄弟,待客很热情,见我面露失望,又告诉我,这条小溪在下方一公里处与齐寿镇流下来的小河汇合,再流到天水关和礼县,就成了一条大河。

天呐,那不就是《水经注》描述过的西汉水吗!于是我接下来的寻访就顺理成章了。这样的意外之喜还有很多,让我感到此行的意义和价值，同时也意识到责任的重大与承担的困难。尽管这条河我已经踏访过无数次，但仍然认识浅浅，留下的只是些零星印象，犹如流浪汉回家，兜里永远只有些散碎银子。如今越是深入实地，待解之谜牵涉越广，问题越具体，越是促使我思考。譬如：

大禹勘定九州将"华阳国"命名为"梁州"，这两个词的词源依据是什么？

商王武丁之妻妇好伐巴方的"巴"地究竟在哪里？

周武王伐纣，巴蜀之师从哪里出征参战，走哪条路去的牧野？

及至近代，红军将士留下的伟大业绩为何集中在大巴山区？

所有这些历史事件与嘉陵江相关联的内在逻辑是什么？

虽然这样的探寻和思辨仍然是零碎而肤浅的，但是我面对这些谜题仍兴奋不已。恰如我身为"流浪汉"时所得的那些碎银，经过反复摩挲也变得锃亮晃眼，让我迷恋不止。若能从我的实地踏访所得，把隐藏在典籍里的蛛丝马迹找出来，为对嘉陵江诸多谜题感兴趣的读者提供一点线索，也算是对母亲河生我养我之恩的一点回报吧。

是为序。

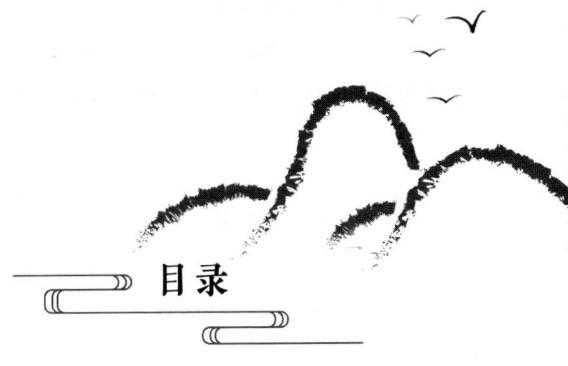

目录

序卷　探问母亲河那些谜题　/001

卷一　秦岭鸿蒙　/001

一、华阳国与金牛道　/002
一幅宋代地图以秦岭划出中国南北分界线，太白山五里坡褒水别斜水永世不再相见。

二、石门关与大汉山　/008
谁最先尝试攻克蜀道难？汉代"石门十三品"，终成打开阿里巴巴宝库之门的金钥匙。

三、斜峪关与阳平关　/012
三千年前巴蜀之师助武王伐纣走过斜峪关的证据在哪里？阳平关陆游留下嘉陵江上游通航真实记录。

001

四、分水岭与天池梁　/017

中国多处都有分水岭，秦岭分水岭有多权威？到天池梁始知秦岭鸿蒙奥秘与大禹勘九州之功。

卷二　嶓冢导漾　/023

一、烈金坝与古汉源　/024

三部古代典籍留下千古争议难题，"嶓冢导漾，东流为汉"究指何地？宁强县一个村藏下汉江源头演变之谜。

二、伏羲庙与卦台山　/030

华胥氏少女履巨足印诞生华夏始祖，多地竞争"雷泽之野"所有权，天水一庙一山成寻根热点。

三、秦公簋与嶓冢山　/035

秦岭之西群戎并起，一个名叫由余的戎人以奇谋助秦穆公霸西戎，华夏一统实由西戎始。

四、坚山村与西汉水　/040

嘉陵江上游西源头亦有小村庄收藏下"嶓冢导漾"另一版本。年轻的修车师傅带我找到西汉水源。

卷三　故道苍茫　/047

一、大散关与故道川　/048

一个源自西周散国的地名保留至今，让陆游得到千古名句"铁马秋风大散关",可惜他无缘千里嘉陵第一桥。

二、代王山与嘉陵源 /055

到秦岭代王山嘉陵谷始悟"嘉者,美也",如果能在嘉陵源来一次自然沐浴,甚至跌一跤,或许能有更多发现。

三、双石铺与灵官峡 /059

北川水、洛涯山、唐仓城、困冢川、故道水、广香交、鸳鸯山,当代地图上找不到的地名,作家杜鹏程有缘找到了。

四、广香川与站儿巷 /064

两当河汇入嘉陵江之处,水名与地名错综复杂。"两当兵变"留下的红色印迹影响至今。

卷四 氐马羌笛 /069

一、尚婆水与嘉陵镇 /070

一处自然景观载入史册成就一段美丽爱情故事,但也容易引人迷失致时空错乱,令人百思不得其解。

二、仇池国与武兴国 /076

"昔有成汤,自彼氐羌",在略阳、宁强、青川邂逅三个古国,勘探嘉陵江文化富矿,杨难当一名令人过目不忘。

三、青竹江与嘉陵水 /079

山崩地裂间岩石如炮弹般飞上天际，直接砸到青竹江对岸。地质专家测得的数据是：抛射距离1300米。十多年后……

四、药崖峡与郙阁颂 /085

汉隶拓本"惟斯析里，处汉之右"至今成为书法经典，嘉陵江上游峡谷承载着厚重历史。

卷五　川峡煌煌 /091

一、葭萌城与桔柏渡 /092

冲出秦岭峡谷的"汉水"，唐宋以后终被"嘉陵江"取代，葭萌、昭化、桔柏渡等古地名保留至今。

二、天雄关与皇泽寺 /096

武则天与广元之渊源载入史册，众多的自然与人文遗产昭示后人，什么才是老百姓称赞的太平盛世。

三、古蜀道与千佛崖 /102

千年摩崖石刻保护下古蜀道，成为申报世界遗产实物证据，应了女皇与法藏所论"万象纷呈，因果历然"。

四、朝天峡与朝天驿 /107

吴道子《嘉陵江三百里山水图》引发山水原地之争，史籍记下安史之乱唐玄宗入蜀路线真实社会风貌。

卷六　阆水沧沧　/115

一、识路狗与听经鹿　/116
一条识路狗启发古城之思，一只听经鹿将唐代隆州（阆中）推介于世，引人入胜探秘寻宝。

二、锦屏山与巴国都　/121
唐代杜甫、南宋陆游留诗阆中，忧国情怀惊人相似。汉初巴人范目、三国程畿忠勇节义名垂青史。

三、盘龙山与落阳山　/125
落下闳创制浑天仪与浑天说，开创太初历纪年领先世界上千年，故乡阆中成为春节民俗起源地。

四、阆水、渝水与强水　/129
一个城名两千年不易成就嘉陵经典，"渝水"由下游渝州保存至今，严遵、张宪、赵谂故事大有深意。

卷七　安汉文脉　/137

一、安汉县与古充国　/138
将军纪信以自我牺牲成就一个王朝，至今仍被故乡百姓奉为英雄。

二、谯公祠与讲经坛　/143
南充西山，谯周为嘉陵江汉文化奠基，一群中学生以山川自然为课堂研学城市历史，别具一格。

005

三、万卷楼与《三国志》 /146

少年陈寿拜师学艺潜读深山，一部大书回报恩师亦成经典，晋代史家群星闪耀，天下眼光令人追怀。

四、从果州到顺庆府 /150

从安汉到蓬州再到蓬安，一个低调县城存下嘉陵江中游最初文脉，顺庆府署变身博物馆启迪当代。

卷八　血性嘉陵 /159

一、余玠与长嘉八柱 /160

古老而美丽的嘉陵江亦曾经历过空前血腥的战争摧残，面对强敌余玠谋划构筑山城抗蒙体系。

二、苦竹隘与蒲氏祠 /164

迎接血战蒲择之、段元鉴坚守关隘秘战强敌，周荣、杨礼、张实三将领不屈献身。

三、得汉城与青居山 /169

米仓山间得汉城两代人顽强抗敌"雄镇巴西"，嘉陵江边青居城宋蒙易主非常命运令人叹息。

四、钓鱼城与制置司 /174

王坚、张珏钓鱼城守卫战成世界历史转折点，令蒙哥丧命的"炮风"究为何物，一份血写名单永垂青史。

卷九 赤色巴涪 /183

一、关坝河与通南巴 /184

小时"躲杀"乡下畅游渠江,数十年后寻源南江迎头撞上野猪和林下经济。同时知道了红军师长任炜璋。

二、诺水河与红军刀 /190

到通江始知红色之城,开国十将军与苏维埃主席熊国炳,还有一把马刀的故事。

三、毛浴镇与佛头山 /197

雨中古镇初识红色文化露天博物馆,平昌佛头山一份狱中审讯记录,读出刘伯坚"带镣长街行"绕梁余音。

四、合州城与双江镇 /202

收纳渠江、涪江,合州城令人刮目相看;读杨淮清祭子文,方悟中国社会进步逻辑必然性。

卷十 现代视界 /209

一、鸭嘴码头与北碚 /210

码头船帮立《永定章程》,重庆开埠有偷师学艺,卢作孚创业为北碚之父,改革开放促民生公司凤凰涅槃。

二、石门峡与曾家岩 /215

石门中渡口为嘉陵江最后一峡,化龙桥记徐悲鸿与老中医成为故交,曾家岩留海明威秘访周恩来故事。

三、鹅项颈与马鞍山 /221

求精中学刘伯承忆旧,成渝铁路邓小平坐平板车为首位旅客,大礼堂贺龙派兵攻关成就新中国建筑经典。

四、洪崖洞与朝天门 /227

洪崖洞秘藏苏轼、陈邦器题刻,金碧山托起今日"云端之眼",来福士成就"一带一路"合作示范项目,嘉陵江相拥长江奔向中国东海与未来。

卷一 秦岭鸿蒙

> 蚕丛及鱼凫,开国何茫然,尔来四万八千岁,不与秦塞通人烟。
>
> ——唐李白《蜀道难》

一、华阳国与金牛道

一首《蜀道难》，把古代巴蜀与关中平原的交通之难写到了极致。全诗294字，"蜀道之难，难于上青天"的感叹竟说了三遍。重要的事情说三遍，其由李白始？

现在我们知道，诗中所写之地，实际就是秦岭。蜀道之难，就是从四川到陕西，或从陕西到四川，必须翻越秦岭所面对的难题。诗中出现的五个地名，除峨眉、锦城（今成都），另外三个——太白、青泥、剑阁，恰是秦岭山脉所在省份的代表。在李白生活的唐朝，中国的地方行政区划尚无"省"，省级为道，其下为州（府）、县。太白指太白山，在关内道凤翔府郿县（今陕西眉县）；青泥指青泥岭，在山南西道凤州河池县（今甘肃徽县）；剑阁指剑门关，在剑南道剑州普安县（今四川剑阁县）。

再说峨眉和锦城，就其大的地理范围看，也与秦岭密切相关。古代方志第一书《华阳国志》就是这么认定的。所谓"华阳国"，即华山（泛指秦岭）之南的广大地区。这一点，该书作者常璩在描述巴国、蜀国、汉中的地理方位时分别有如下表述：

华阳之壤，梁岷之域，是其一囿，囿中之国，则巴、蜀矣……其地（巴）东至鱼复，西至僰道，

北接汉中，南极黔涪。（卷一《巴志》）

其地（蜀）东接于巴，南接于越，北与秦分，西奄峨嶓。地称天府，原曰华阳。（卷三《蜀志》）

维天有汉，鉴亦有光，实司群望，表我华阳，炎刘是应，洪祚攸长。（卷十二《序志》）

这是说，秦岭之南的古代巴蜀及其周边广大地区，包括今四川、重庆大部及陕西、甘肃、云南、贵州部分，在大禹勘定九州时，同属梁州。梁州在华夏西南，其余八州——冀州、兖州、青州、徐州、扬州、荆州、豫州、雍州，分别在中国北方、东方、南方、中原、西北。

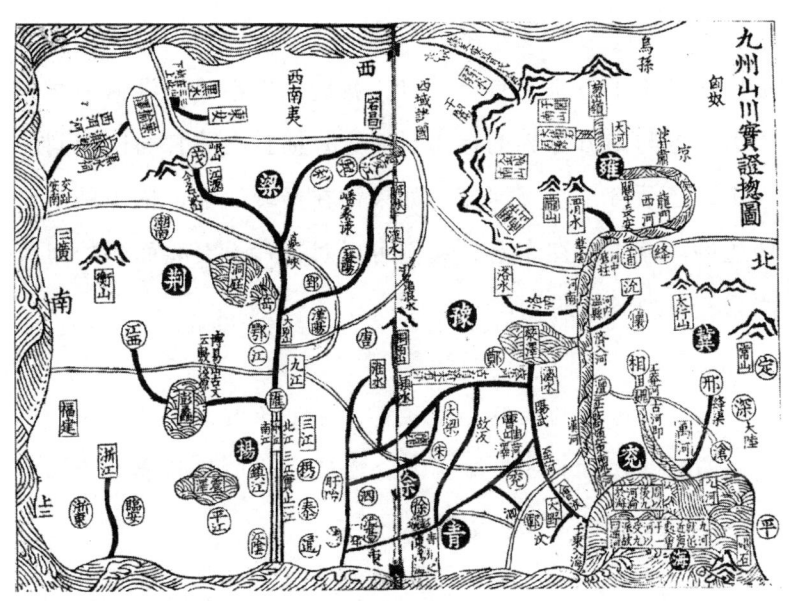

《禹贡山川地理图》载《九州山川实证总图》（北京图书馆）

这幅刊刻于南宋淳熙四年（1177年）的《九州山川实证总图》，以宋人的眼光还原了上古时期华夏先民生活地域的大致分布。宋代地图制作似乎还没有统一的方位标准，此图采用的是从北至南的阅读方式。将图向左旋转90度，自西向东阅读，则与今天我们熟悉的方位大致相符。在此图的中线上可以读到嘉陵江、沔水、汉水、沧浪水、颖水、淮水等有着中国南北分界线意义的标志性河流。

这些河流沿线的山，除了规模稍小的桐柏山外，最突出的是关中南山和金城南山。关中即今以陕西西安为中心的秦川平原，亦称关中盆地。金城即甘肃兰州，唐代设金城郡。关中南山至金城南山，这自东而西连成一片的大山，就是整个秦岭山脉。

宋人对于秦岭以及华夏大地南北分界的认知，实际上也被历代继承了下来，直至今日，我们仍以秦岭—淮河一线为中国北方与南方分界的标志。而这片横亘在陕甘与巴蜀间的大山，还孕育了众多河流。如果站在秦岭西端，依山脉南北两边的河流走向往东看，我们可以对这片由秦岭而生的河流水系有更加清晰的认识：

> 水道分两大股，渭挟群流东汇于河，汉纳众派而注诸江，秦岭一脉为其分水岭。岭阳诸谷皆入于汉，岭阴诸谷皆入于渭。
>
> ——民国《天水县志·水道》

清末民初的官方文书习惯使用文言文，上文中的河流概念即是如此。"河"在古代专指黄河，"江"专指长江，其余河流多称为"水"。秦岭北坡有多条河流，以渭河为最大，由它收纳众河穿过秦川平原，在晋陕交界的潼关注入黄河。而秦岭南坡有两条大江，各自的水量都大于渭河，这就是嘉陵江和汉江。《天水县志》里只用了一个词——"汉"，似乎少了一条江。这并非编纂者的疏忽，而是有意使用了《华阳国志》《水经注》等古代典籍所指的"汉"。甘肃天水南部和陇南地区在秦岭南坡，为嘉陵江水系。"汉纳众派而注诸江"，意即嘉陵江汇聚众多河流注入长江。

嘉陵江和汉江，在秦岭之南一西一东注入长江，成就了长江的伟大，这是常识。而今日常识与古代典籍的异同，也是令我着迷的问题之一。这年夏秋时节，我首先去了嘉陵江的源头——我的踏访行程即以秦岭山脉和秦蜀古道为线索和焦点。首先踏访的是褒斜道。

褒斜道有广义、狭义之分。广义的褒斜道从汉中褒谷口起步，沿褒水河、斜水河向北穿越秦岭，经眉县斜峪关，最终到达古都长安。狭义的褒斜道仅指褒谷口至斜峪关的秦岭山道，全长约250公里。与褒斜道相连的，则是自四川成都经绵阳、广元到达陕西勉县的金牛道。褒斜道与金牛道合在一起，即经典意义上的秦蜀故道。

褒斜道的"褒"字很容易引人联想到一个古代名人：褒姒。没想到我最先撞见的，也是这个"褒姒"。从汉中城区乘上去褒谷口的大巴车，尚未到终点，公路绿带间兀地出现

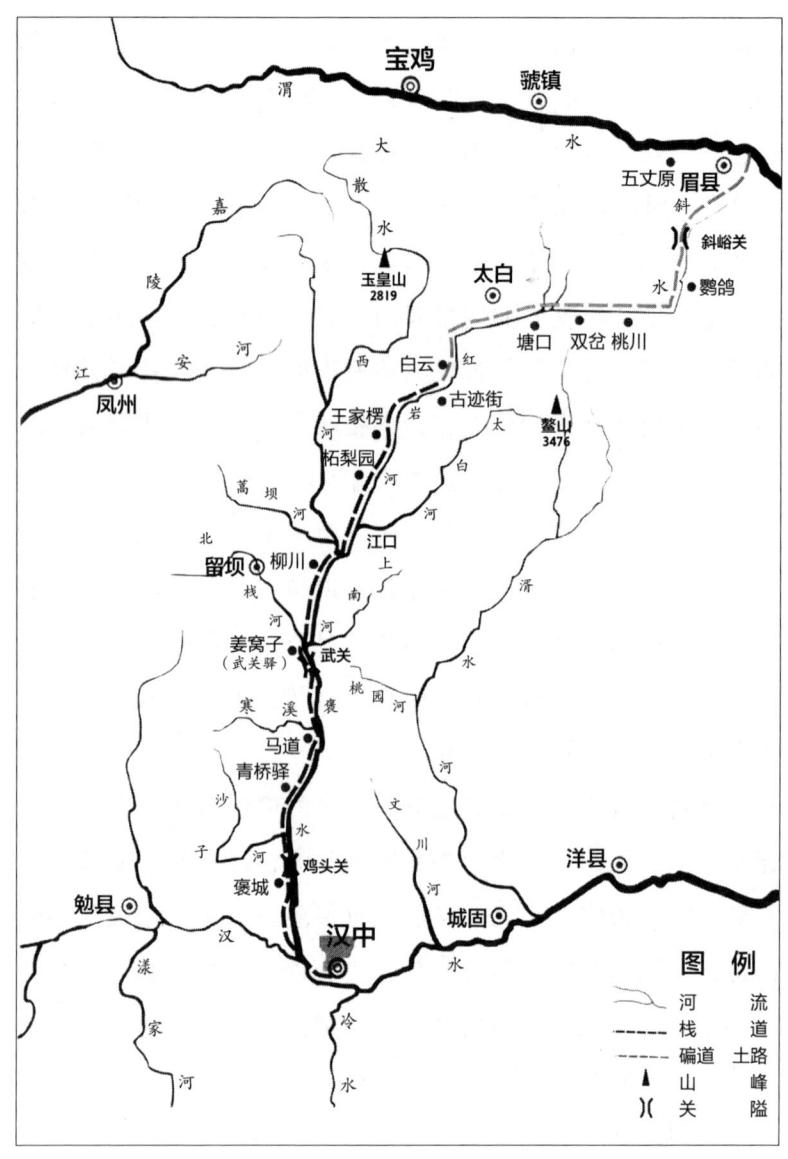

褒斜道示意图(汉中市博物馆)

一块巨石，上书"褒姒故里"。我急忙下车寻访，问路边商家，这里还有跟褒姒相关的古代遗迹吗？回答皆是摇头，说，没有，只知道这里是古褒国地，那条河叫褒水河，景区可以看见褒姒的塑像。

塑像的确有，却很难让人联想到那位"烽火戏诸侯"的风云人物。倒是那条褒河，在潇潇细雨中仍然保留着历史的沧桑感。

褒河古称褒水，亦名乌龙江，发源于太白山南坡。秦岭中部山脊于此形成南北分界。褒斜道的另一主角斜水河，则出自太白山北坡，在陕西眉县斜峪口冲出秦岭山区，与渭河相汇于关中平原。

褒水从陕西勉县出褒谷口后融入汉江。令人惊叹的是，斜水与褒水在太白山分手时，两河相距只有短短两千多米，留下一个地名叫五里坡，真可谓近在咫尺。就差那五里，两条河却永世不再相见，让秦岭南北的人们难以相识，至今方言两分。造物主似乎在这里跟人们开了一个玩笑，在华夏大地随意一挥，塑出一条高耸的山脊，然后抱起双臂，冷眼看着人们如何克服大山阻隔之难。

好在中国人自古以来就不太在意老天爷的为难，从"夸父逐日"到"愚公移山"，古代典籍留下的自强不息的故事数不胜数。秦岭褒斜道的开凿即是一例，其中一个典范故事，刻在了褒谷口。

二、石门关与大汉山

东汉永平四年（61年）的一天，年轻的汉明帝刘庄，接到汉中郡太守鄐君呈报的请罪奏书，言其奉旨修复当年高祖与张良为麻痹项羽，"示无还心"，而烧毁的褒斜道沿河栈道，因褒谷口山体悬崖陡直外凸，施工难度太大，造成修路民工多人坠亡，作为地方长官理当负责，特奏报朝廷，请皇上降旨责罪。鄐君同时提出了改进施工方法的设想，建议在褒谷口凿岩穿隧，为褒斜道修建一座"石门"。

汉明帝见汉中郡守态度诚恳，敢于担当，且有改进措施，便下诏免除责罚，同时令他负责凿开褒斜道石门，以打通巴蜀与中原的通道，史称"诏书开斜，凿通石门"。

汉中地方志记载，鄐君以诏书"受广汉、蜀郡、巴郡徒2690人，开通褒斜道……积薪一炬石为坼，锤凿既加如削腐"。

褒谷口石门十三品之曹操手书"衮雪"（汉中市博物馆）

即从巴蜀地区征调精壮劳力,采用类似都江堰宝瓶口凿岩"火烧水激"之法,加之人工錾凿,历时五年终于凿成一条长约16米、宽约4米、高约3.6米的石门,成为世界交通史上人工开凿的"天下第一门"。

今日褒谷口,以石门水库和褒河两岸古栈道为依托,建成一个文化遗址公园。而千百年来留下的大量石刻文字,则以"石门十三品"之名珍藏于汉中市博物馆。

不过,这两千年前的褒谷口石门遗迹,并非李白《蜀道难》的最早故事。在它之前已有"五丁力士"的故事产生于这条古道上。

"五丁力士"是个连环故事,分了上下篇。相传古代的蜀王和秦王都喜欢打猎,两人在秦岭山中相遇,秦王送蜀王五头会拉金屎的石牛以示友好。蜀王很高兴,派了五丁力士去接收礼物。待石牛拉回来,才知秦王是在戏弄人,石牛根本不会拉金屎。蜀王很愤怒,骂秦王是"东方牧犊",就是骗人的放牛娃!那时蜀国跟东方六国一样,是看不起地处边鄙的秦国的。

后来两人再次相遇,秦王讨好地许诺送蜀王五位美女。蜀王喜欢美女,于是再派五丁力士去秦国迎亲。五丁力士返回途中遇到一条蟒蛇挡道。蟒蛇半截身子藏在山崖缝里,怎么都拉不出来。忠于职守的五丁力士一齐上阵,使尽全力终于把蟒蛇拽了出来,却造成了山崩,五丁力士连同五位秦国美女都被压在五岭山下。这便是《蜀道难》"地崩山摧壮士死,然后天梯石栈相钩连"的灵感之源。

据说这故事里隐藏着秦国的一个阴谋，秦王以美人计诱使蜀王为迎娶美女修通了连接褒斜道的金牛道，为进军灭蜀创造了交通条件。史籍记载，公元前316年，秦惠文王利用巴国、苴国（今广元一带）与蜀国的矛盾，派丞相张仪、将军司马错、都尉子墨，率领大军一举灭掉蜀国。接着又发生"仪贪巴、苴之富，因取巴，执王以归，置巴、蜀及汉中郡"（《华阳国志·巴志》）之故事。

战国后期秦统一天下，除了商鞅变法鼓励耕战，奠下战争胜利基础外，褒斜道、金牛道、陈仓道、子午道等秦蜀古道打通，秦国得到巴蜀经济加持，似乎也是一个重要因素。

历史真相是否真与阴谋论相关，《蜀道难》未置一言。李白大概是不相信阴谋论的，他真正感兴趣的是借一个历史因由，营造诗歌所需的奇幻意境，抒发一种天下理念。这一点，严肃史家与天才诗人也是一致的，只是使用的方法不同罢了。晋代常璩便举司马迁言论为据，批驳了蜀道阴谋论：

> 《史记》："周贞王之十六年（前453年），秦厉公城南郑。"此谷道之通久矣，而说者以为蜀王因石牛始通，不然也。
>
> ——《华阳国志》卷十二《序志》

这里的两个关键词是"南郑"和"谷道"。先秦时的南郑即今陕西汉中。唐代史籍记载了城名的由来："幽王为犬戎所灭，郑桓公死之，郑人南奔居此，故曰南郑，高祖都之。"

(《元和郡县图志·兴元府》)

即是说从周幽王(前781—前771年在位)到汉高祖(前206—前195年在位)的近六百年间,南郑都是秦岭之南的第一城。

今日南郑为汉中市的一个区,紧邻汉江。我去踏访时,南郑区文联主席推开办公室的窗户,指着城南的一座山说,那山是刘邦命名的,叫大汉山,也是刘邦祭天的地方。"高祖都之",是说南郑为刘邦最初的都城。刘邦在此地练兵并进军逐鹿中原,最终打败项羽,建立起以"汉"为名的统一王朝。刘邦的丞相萧何所谓"语曰天汉,其称甚美",说的就是南郑。以至汉人、汉语、汉字的得名都与此相关。

谷道即褒谷口至斜峪关的褒斜道。《华阳国志》举秦厉公(前476—前443年在位)筑南郑城为例,证明褒斜道早在蜀王修通石牛道(秦称金牛道)之前已经有了。西周末年郑国人逃避犬戎之乱,来汉江边寻找新的家园,亦走过褒斜道,史称"郑人南奔"。

褒斜道北线的标志性关口是斜峪关。与褒谷口的险峻不同,斜峪关看上去更平易近人,宁静祥和。这是我在斜峪关获得的第一印象。

斜峪关在地图上有时也标为斜峪口,它的确就是一座大山的"关键出口",关键在于它的背景是整个秦岭。斜峪关南倚秦岭,北控渭原,负阴而抱阳,冲气以为和,从这里再往下就是一片辽阔,无阻无碍了。

今日斜峪关建了一座水库,水质纯净,成为宝鸡和西安

秦岭北坡斜峪关

的饮用水源地之一。意外的是,建在斜峪关的水库不以关名为名,却叫了一个十分直白的名称"石头河水库",驻村警所也叫"石头河派出所"。只有村头立着的石碑仍叫"斜峪关",并有"褒斜古道第一关"的宣言式副题,显示着一种当仁不让的气势。

询问当地村民,得到的回答是,石头河这名称是家喻户晓的,也知道古名叫斜水。听老辈人说这关口历朝历代都是兵家必争之地。一旦发生战争,百姓就得逃难,所以这里几乎没有百年以上的"世家"。说都怪那条河起错了名,叫什么不好,偏要叫"斜水"!所以就改了过来。

三、斜峪关与阳平关

离开斜峪关时,太阳已迫近西边山林,斜逆光给关山和村庄涂上一片梦幻色彩,金碧辉煌唤起不尽的遐想。民间传说里"石头河"名称的由来,是否有道理,无法考证。不过,古代文献记载的斜峪关,多与战争相关则是实情,诸如周幽王征褒、司马错伐蜀、明修栈道暗度陈仓、诸葛亮北伐等。我在史籍中看到的最早战争记载,发生在三千多年前的商末周初时期:

《蜀纪》言:"三皇乘祗车出谷口。"秦宓曰:"今之斜谷也。"及武王伐纣,蜀亦从行。
——《华阳国志》卷十二《序志》

这里提到两个事件。前一个,三国蜀汉大臣秦宓所述"三皇出斜谷",因太过久远,目前尚无法证实。后一个"武王伐纣"故事,见诸《尚书》《史记》等多种史籍,现代考古发现已将发生年代具体到个位数——公元前1046年。在这次历史性战争中,位于"华阳国"即秦岭以南的参战队伍,包括了蜀人和巴人。这在《华阳国志·巴志》里有完整表述:"周武王伐纣,实得巴蜀之师,著于《尚书》,巴师勇锐,歌舞以凌殷人。"

三千年前的巴蜀之师,响应秦岭之北渭河流域的周人号召,一齐推翻失去民心的殷商暴君纣王,最近的进军路线就是翻越秦岭。《华阳国志》接着三皇出斜谷故事,说"武王伐纣,蜀亦从行",也就是从斜峪口经过,应该是非常接近历史真相的。

在我走过的五条秦蜀古道——子午道、米仓道、褒斜道—金牛道、陈仓道—故道、阴平道中，褒斜道—金牛道是历史最悠久、线路最长、军事用途最多的一条古道。原因在于所经地区物产丰饶、人口众多，加之水运便利，具有为军队提供物资保障的重要条件。道上古关、古渡、古驿站、古驿道等遗迹，至今数不胜数。

褒斜道—金牛道全线为东北—西南走向。褒斜道自斜峪关沿斜水、褒河向南进入汉中盆地。连接它的金牛道改而西进，溯汉水之源，过金牛驿、五丁关，在阳平关渡口进入嘉陵江水域。滚滚嘉陵江开通的船运之便，给金牛道增添了水的光华。

金牛道接着的路线是，从阳平关嘉陵渡向南，经四川广元朝天驿，过桔柏渡、昭化城，登天雄关、剑门关，再过上亭驿（梓潼）、奉济驿（绵阳）等，最终到达成都。

先秦至三国，以至隋唐时期的秦蜀古道，是否利用过嘉陵江的水运之便，也是一个有争论的谜题。依我在沿秦蜀古道走过的嘉陵江上游所见，自陕西凤县以下，包括甘肃两当、徽县，陕西略阳、宁强，直到四川广元，从古至今都有行船的记录。宁强阳平关、燕子砭至广元朝天峡一线的嘉陵江岸，至今仍能看到古代留下的纤道，和支撑古栈道结构的錾凿石孔，基本与宝成铁路平行。

阳平关历史上为秦蜀古道五大名关之一，并因嘉陵渡获得突出的战略地位。唐宋时期设三泉县于此，县治在今阳平关镇擂鼓台村一处高台上。这年初秋的一个下午，我登上古三泉县县治遗址（元初废置），俯瞰夕阳余辉中的嘉陵江。耳旁风声阵阵，时弱时强，仿佛一位古代诗人在与我讲述他的观感。

南宋乾道四年（1168年），诗人陆游在此乘上一艘小木船下行利州（今四川广元），随即将其见闻与慨叹诉诸笔墨，今日读来犹历历在目：

日日遭途处处诗，书生活计绝堪悲。
江云垂地滩风急，一似前年上硖时。
——陆游《自三泉泛嘉陵至利州》

我对陆游了解不多，无法揣度他当年泛舟江上的真实心境，却由衷感谢诗人为我的嘉陵江踏访提供了佐证。这首诗说明在他所处的南宋时代，嘉陵江上游水道已经存在商业性航运。当然，那时候都是木船，下行顺水流，上行靠拉纤。这样的交通方式一直持续到20世纪80年代。

在阳平关沿陆游诗提示的线路行走，一位出租车司机给予我很大帮助。司机姓车，年届六旬，本地村民，一路为我当向导，说起话来滔滔不绝，语速很快。

车师傅说他祖上原籍河北，康熙年间随清军到新疆，参加平定准噶尔部叛乱，战后本可返回内地。但那时朝廷实行移民实川政策，汉人士兵不得进入关中，一概发往四川。祖上当年是清军校尉级军官，所带队伍多为北方人，从阴平道翻越秦岭时领教了大山的艰险，都不愿再往南走，于是队伍解散自寻出路，车家落户阳平关。嘉陵江西岸车家山，地名保留至今。

车师傅自称不是个安分种地的人，很早就外出打工，学会了开车之后就靠跑运输谋生，跑得最多的是四川广元，因为小时候就从奶奶口中听到很多广元的故事，所以颇为熟悉。

奶奶年轻时很漂亮，身体也好，生了孩子不久，就去广元大户人家为婴儿当奶妈。奶奶去广元坐下水船只需大半天，上水坐纤船，一路能听到拉纤的船工吼号子。车师傅小时候也见过拉纤，还在河滩上追着纤夫讨过糖吃。"有次吃到一颗糖，嘿硬，磕掉了我一颗牙齿，划不来！"车师傅说这话时，并没有一丝沮丧，反而很快乐的样子。

听车师傅讲他儿时的快乐故事，我不禁想到陆游诗描述那段行程的画面——"江云垂地滩风急"。大概陆游是碰上了一个阴雨天，所以心情有些压抑。

陆游没说他是怎么到的阳平关，之前心情如何。如果从南郑（今陕西汉中）过来，走金牛道250里山路，劳累可想而知。如果自兴州（今陕西略阳）过来，我猜他的心情可能会不一样。兴州在阳平关之北的嘉陵江上游，陆游搭上轻舟来阳平关，不会那么累，兴许还会碰上一个晴朗天。问题在于，那一段江水也能行船吗？

对此，古代典籍给出的答案是肯定的。北宋《太平寰宇记》（《太平寰宇记·山南西道》），对兴州交通方位的记载是："南沿江至兴元府三泉县一百五十里。"

前已述及，唐宋时期的三泉县就在阳平关，这里说到的

"江"自然就是嘉陵江。从兴州到阳平关这150里水路,无疑是以行船距离计算的。我到略阳实地踏访嘉陵江水道,当地一位热爱文史的老教师告诉我,略阳段嘉陵江行船直通广元,保留至今的县城沿江老码头就是证明。而广元以下的嘉陵江通航条件更为优越,可以到达南充、合川、重庆,在古代无疑是真正的"黄金水道"。

这即是说,古老的嘉陵江航道与更加古老的秦蜀古道一起,共同构成了征服横亘华夏大地腹心地区自然天险的交通网络,其历史可以追溯很远,很远。

一个更大的疑问在头脑里产生:上古时代居住于秦岭山脉南北两边的人们,数千年间,不惜耗费大量人力物力,在崇山峻岭中开辟出难以计数的各种道路,究竟是为了什么?持续不断的动力源自哪里?

四、分水岭与天池梁

秦岭山脉自西而东的山脊线,最明显的标志是散布在秦蜀古道上的"分水岭",包括阴平道上的齐寿山、陈仓道上的大散关、褒斜道上的太白山、子午道上的终南山等等。这些"分水岭"大多分布在山脊上。山脊自然天成,"分水岭"人为设置。自然不会说话,标志则可以帮助人们寻路,不致迷失方向。

此外,"分水岭"的设置还有一个明显作用,就是划分区域界线。这个标志划分的最初动机是什么,由谁划分?是为了保护一方利益而阻隔交往，还是帮助人们增进了解、和谐共存？这是我在行走秦岭山区，看到那些"分水岭"标志后，突然冒出的一些想法。

最早为华夏大地作区域划分的是大禹。《尚书·禹贡》载："禹别九州，随山浚川，任土作贡。禹敷土，随山刊木，奠高山大川。"

这里也有两个关键词——"作贡""刊木"。"作贡"，就是按土地开发条件及物产种类，确定贡赋的等级。"刊木"，即立碑或立牌，确立地域疆界，以方便治理。

在上古中国冀、兖、青、徐、扬、荆、豫、梁、雍九州中，土地开发条件最好的是豫州和冀州，即今中原和华北地区，两地的田赋皆在上、中之间。

秦岭以南嘉陵江流域地区，上古时期被划分为梁州，土地开发条件差，交通极为不便，贡赋被列为中下等，"华阳、黑水

秦岭大散关分水岭，左南右北，雕像中黄龙代表黄河，青龙代表长江

惟梁州……厥土青黎，厥田惟下上，厥赋下中"。而那时秦岭以北的雍州，即今陕西、甘肃等地，土地条件也明显好于梁州，"厥土惟黄壤，厥田惟上上，厥赋中下"（《尚书·禹贡》）。

即是说，"分水岭"标志的设立及地理区域的划分，最直接的动机源于部落和国家间的经济利益考量，即获取贡赋。难道大禹是个功利主义者，而且对梁州持轻蔑态度？

否！我对大禹抱持着高度的尊敬，因为他给了我们一个可以无限遐想的地区名称——梁州。

"梁州"一名，显然来自秦岭。梁，本意为桥，因其跨越溪流沟壑、高踞墩柱之上，引申指屋脊、山梁。秦岭，一道最雄伟的山梁，堪称华夏大地的脊梁，同时也是连接东西南北，携手黄河、长江的最大桥梁。

大禹走遍华夏，勘定九州，胸中装着的岂止是部落国家所看重的那点贡赋？他以中原为核心，以两条大江为纽带，以秦岭为桥梁，谋划的是华夏大地的全局和未来。就此而论，他显然是一个理想主义者，是中国大一统理念的最早探索者和脚踏实地的践行人。

曾经，作为上古时期地理单元之一的"梁州"一名，在中国历史上一度消失，之后又重现。只是后来的"梁州"已不再代表中国西南广大地区，而是设于郡、县之上的一级行政单元。在《华阳国志》里，"梁州"重建于公元264年，"咸熙元年平蜀，始分益州巴、汉七郡置梁州，治汉中"（卷一《巴志》）。那时的梁州包括了整个汉中郡及今四川东北部地区，地位仍然重要，"汉沔彪炳，灵光上照，在天鉴为云汉，于地画为梁州"（卷二《汉中志》）。

梁州既如此重要，上古时代还是古代巴国的"上一级"地区，它还有遗址存在吗？跟重庆山水究竟有何异同？我把这些疑问也列入了嘉陵江行程范围，按照《华阳国志》和清嘉庆《汉南续修郡志》的记载，去了陕西汉中南郑县，找到了汉梁州遗址地，现在的名称叫天池梁。在天池梁路上还有个地方叫回军坝，都是古代地名。

我是搭南郑与四川交界乡镇的班车去的。上车后向司机询问，路过回军坝和天池梁，可否稍停片刻让我拍几张照片。司机爽快地答应了我的请求。同车的当地乡民，也热情地向我介绍情况，说回军坝因明末张献忠入川后又杀回来驻军于此而得名。天池梁从前是个大集镇，赶场很热闹，还有一个高山湖，所以叫了天池梁。这里也是一个分水岭，天池梁以北属陕西南郑，溪河流入汉江。以南属四川通江，溪河最后流入嘉陵江。20世纪中期行政区划调整，天池梁南坡由四川划归陕西，很多乡民到现在也认为自己是四川人。

的确，我与乘车的乡民交谈，就像跟巴蜀老乡摆龙门阵一样，完全没有语言隔阂。不仅是天池梁，甚至我走过的汉中南郑、勉县、宁强、略阳等地，人们说话的声调和词汇差不多都可以称为四川方言，听着很亲切。

今日天池梁已看不到古梁州治的一点踪影，现在是一家国有林场的育苗基地，有围栏和铁栅门保护着园区苗木。宽广平坦的草场和森林颇具规模，仍可以想象古代人气旺盛的场景。

因为这个渊源,我对天池梁顿时多了似曾相识之感,庆幸自己能与"梁州"结缘。又想起以秦岭山脉为"梁州"命名的大禹,不禁感叹这位华夏一统的先驱,勘定九州,尤重秦岭之功。秦岭作为中国南北分界线标志,是上天赐予的地理之缘,也是华夏民族五千年来的共同选择,我们需要这样一个脊梁,这样一座桥梁,将所有人联结在一起。所以才有千百年来,万千国人不惧艰险,前仆后继,"地崩山摧壮士死,然后天梯石栈相钩连"的壮举。

"我所居兮,青埂之峰;我所游兮,鸿蒙太空。"这样一来,那些纵横于崇山峻岭间迷宫般的秦蜀古道,那些在秦岭峡谷间早早开辟的嘉陵江航道,中国古代种种难以想象的业绩,就都可以理解了。

当然,与华夏一统理念相悖的分合之战,历史上不胜枚举,有的甚至激烈到危及民族存亡的地步。秦岭和嘉陵江都经历了何种磨难与考验?

我继续我的行走。

卷二 嶓冢导漾

> 常璩《华阳国志》曰：汉水有二源，东源出武都氐道县漾山，为漾水。《禹贡》（嶓冢）导漾东流为汉是也。
>
> ——《水经注》卷二十

一、烈金坝与古汉源

> 常璩《华阳国志》曰：汉水有二源，东源出武都氐道县漾山，为漾水。《禹贡》（嶓冢）导漾东流为汉是也。
>
> ——《水经注》卷二十

上面这段话，描述的是一条河的形成走向，涉及古代三部权威典籍。一部是先秦《尚书》，一部是晋代《华阳国志》，还有就是《水经注》。但三部著作中"汉"的具体所指却是不同的，或指汉江，或指嘉陵江。两条江都是长江的主要支流，汉江流程最长，嘉陵江流域最广。由此形成的争论持续了两千年，成为中国文化史上一大谜题。多年以前，我就是被这谜题吸引，开始下功夫研读那几部典籍的。

对这句话描述的对象，三部典籍分别有如下记载：

> 嶓冢导漾，东流为汉，又东，为沧浪之水，过三澨，至于大别，南入于江。
>
> ——《尚书·禹贡》

汉有二源。东源出武都氐道漾山，因名漾，《禹贡》流漾为汉是也。西源出陇西西县嶓冢山，会白水，经葭萌入汉。

——《华阳国志·汉中志》

今西县嶓冢山，西汉水所导也，然微涓细注，若通幂历，津注而已。

——《水经注》卷二十

先秦时期编成的《尚书》，所记载的"汉"通称汉水，所指之河现在看来是很明确的，就是汉江。文中提到的沧浪水、三澨、大别山，三个地名都在今湖北省境内。沧浪在武当，三澨在襄阳，大别山雄踞鄂豫皖三边，汉江由此至武汉汇入长江。

《尚书》在这里还指出了汉水的源头，名叫漾水，出自嶓冢山。漾水向东流去，之后才叫了汉水。但嶓冢山在哪里，《尚书》没有指明。或许就因这个，造成了歧义，让后来的人们争论不休。

在晋代学者常璩编撰的《华阳国志》里，"汉"之所指并非汉江，而是嘉陵江。"汉有二源"是说嘉陵江有两个源头，东源漾水出于武都氐道（今甘肃陇南礼县），西源出自"陇西西县"（今甘肃天水西南），"会白水，经葭萌入汉"。

葭萌这个地名现在还能找到，就在四川广元市昭化镇。白水今名白龙江，在昭化汇入嘉陵江。在《华阳国志》成书的公元4世纪，还没有嘉陵江这个名称，这条河还叫西汉水。

《华阳国志·巴志》载,巴郡人严王思任扬州刺史十八年,为民操劳鞠躬尽瘁,深受百姓爱戴。巴郡太守应季先感动作诗,称其德行堪比深沉厚重的西汉水——"乘彼西汉,潭潭其渊"。汉代巴郡,即今重庆及四川南充、阆中一带,所依西汉水,就是今天的嘉陵江。

北魏郦道元所著《水经注》沿袭《华阳国志》的称谓,只是他做得更细,把嘉陵江源头河流叫作西汉水、正流称为汉水。"今西县嶓冢山,西汉水所导也。"他说得那么肯定,我猜想他极有可能实地踏访过。

因为《水经注》成书时嘉陵江仍名西汉水或汉水,故而那个由"嶓冢导漾,东流为汉"生发的歧义并没有解决。以至今天,嶓冢山和漾水到底在何处,仍存在着汉中宁强县和天水秦州区的争议。我的好奇心再次被勾起来,必得追随先贤的脚步,去实地看看。

盛夏的一个早晨,我搭乘宁强县乡镇班车去大安镇,突然看见公路边褐色指示牌上写着"古汉源"三个大字,急忙请司机停车,抓起背包跑下去。虽然头天在县里初步了解过情况,知道这里就是烈金坝村,但内心仍止不住激动。

到村委会说明来意后,一个30多岁的青年放下手里的活儿,递给我一瓶矿泉水,自我介绍说:"我姓舒,是村副支书,听县里王主席说过有作家来采风,肯定是您了。欢迎到烈金坝,我们现在就去古汉源,路不远,但要爬会儿山。"说罢走向操场边的一辆越野车,打开车门让我坐进去。

古汉源现在是景区,公路标示里程3.4公里,只能到达半山腰。停车场以上，山路沿一条溪流往上延伸，我问舒支书这溪流有没有名称。舒支书回答说，就叫汉江水。我很惊奇，那么一条小溪，竟然就是汉江之源！

舒支书说，汉江水到这里流成这样已经不小了，真正的源头水从一个山洞流出来，水量更小。不过从前并不是这样，他小时候爬过这山，那时看到的源头水比这大得多。现在之所以水小，是因为山背后邻县的矿业公司采矿，把山体挖成了一只漏斗，源头水就成了这样。但这山很有名，叫汉王山，他小时候就知道，古时候的名字不好记，叫嶓冢山。古汉源是一个山洞，水从洞里流出，到烈金坝汇入玉带河。玉带河古名沔水，从箭竹岭水池垭流过来，原先水量比古汉源小，

导漾亭与古汉源

现在大了很多。不久前北京来的专家对两处都作了考察论证，最终确认烈金坝汉王山水源为正源，所以叫作古汉源，玉带河称为新汉源，县里在两处都立了牌。

爬山近一小时，终于到了古汉源出水口。那是一个很大的山洞，洞外平台建有一亭，名导漾亭，取自《尚书·禹贡》那句名言——"嶓冢导漾，东流为汉"。亭柱上一副对联对此作了阐释："嶓山导漾成就千秋伟业，夏禹刻石蕴藏太古玄机。"

导漾亭后山崖上，"古汉源"三个刻石大字进一步强调了其历史定位。

山洞颇大，洞内有两尊巨石，形如大水牛之身，称为牛背石。舒支书告诉我，牛背石上原刻有很多字，后来被一伙中学生当成"四旧"凿掉了，现在还能看见凿痕。山洞偏左位置的洞顶有水滴成串地淌下来，与地面浸出的小股泉水合成一股，流到洞外顺山崖而下，似乎在顽强地彰显着自己的存在。

离开古汉源导漾亭往下走，海拔降低200来米，发现下行的溪流其实已经相当可观。舒支书带我一边沿水流寻找，一边告诉我，古汉源山洞水源减小后，下方另一山洞涌流的泉水成为古汉源的主流，是烈金坝村和汉源村的主要生活水源。

下山途中，仍不舍汉王山溪流，边走边拍下不同高度的水流情况，不慎滑了一跤，回到停车场才发现丢了照相机镜头盖。舒支书二话不说，又返回山上，帮我找回了镜头盖。

我禁不住问他，怎么不想想再爬一次山有多累，万一找不到岂不白费力？舒支书说，他从小就爬这山，哪里有什么都知道，要找东西还是有些把握的。语气竟然十分轻松。真是一方水土养一方人，是山给了他自信。

烈金坝人对"古汉源"的自信，或许与这山的历史底蕴有关。唐代《元和郡县图志》在记述兴元府金牛县（今汉中市宁强县）时有如下记载：

金牛县，取秦五丁力士石牛出金为名。嶓冢山，县东二十八里，汉水所出。嘉陵江，经县西，去县三十里。

——《元和郡县图志》卷二十二

这是说金牛县得名于古金牛道"五丁力士"故事。烈金坝村至今仍留下一个古地名"金牛驿"。而"汉水"与"嘉陵江"并列记载，说明唐代已经认定烈金坝古汉源所倚汉王山就叫嶓冢山。

不过，争论还没有完。也是这部《元和郡县图志》，嶓冢山又在陇右道秦州上邽县（今甘肃天水）出现：

嶓冢山，在县西南五十八里，漾水之所出也，东流为汉水。

——《元和郡县图志》卷三十九

即是说,《元和郡县图志》几乎照搬了《华阳国志》和《水经注》对两地的记述,并没有进行鉴别。我猜编纂者唐宪宗时的宰相李吉甫可能没有去两地作过实地考察,而是把疑问留至后世。他是有意让我帮他完成踏访考察吗?

二、伏羲庙与卦台山

我赶到天水,试图找到那第二座嶓冢山。但到天水后却碰到了一个意料之外的难题。因为周末,没能找到帮我提供采访线索的人。我的好运似乎已用完,只好将嶓冢山寻访计划搁置一下,先去伏羲庙和博物馆看看。

伏羲庙和天水市博物馆在同一地方,看到展览内容,我被深深地吸引住了。天水提供的线索岂止一条河,它展示的

伏羲卦石山图(天水市博物馆)

是一幅有关华夏先民兴族立国,实现天下大同理念的先驱实践图啊!而所有这一切,都与我心中的嘉陵江密切相关。我必须暂时停下脚步,先理一理在秦岭和嘉陵江源头的这块土地上,到底发生过哪些不容错过的故事。

相传上古时候,有个名叫华胥氏的姑娘,在雷泽之野游玩,看到地上有个巨大的脚印。她很好奇,便踩上去,以自己的脚与巨人脚印比大小,不料回到家就发现自己有了身孕。她很高兴,决定要生下这个上天赐予的孩子并将他养大。华胥氏怀孕12年后生下一个男孩,取名伏羲。伏羲天资聪颖,长大后根据天地万物生成规律,教会人们结网捕鱼、驯服龙马,创造了多种乐器和书契记事。最后还发明了八卦和历法,使人们摆脱愚昧,建立起安定的家园。人们尊称他为太昊伏羲氏,意为

伏羲庙千年古柏

东方帝君。后世更奉他为中华人文始祖，与燧人氏、神农氏合称"三皇"。

华胥氏履迹孕伏羲的"雷泽之野"究竟在哪里？伏羲造八卦有没有留下什么可寻之迹？千百年来成了一个谜。而千百年来也有不少人在努力解开这个谜。唐《元和郡县图志》明确说到一个地点，是我看到的关于此谜的最早记载——"成纪县，本汉旧县，属天水。伏羲氏母曰华胥，履大人迹，生伏羲于成纪，即此丘也。"（《元和郡县图志·秦州》）

这个故事在南宋罗泌《路史》里也有记载——"太昊伏羲氏母华胥，居于华胥之渚，孕十有二岁而降神，生于仇夷，长于起城。"罗泌之子罗苹对此有个注释："所都国，有华胥之渊，乃阆中渝水也。"（《蜀中名胜记》卷二十四引）

《路史》所说华胥之渚、华胥之渊都是水名，就是从成纪流到阆中的渝水。而仇夷、起城（成纪）都在今甘肃陇南、天水，即嘉陵江西源地区，难怪巴蜀也有那么多伏羲的传说。

唐代成纪为陇右道秦州所辖县，在今甘肃天水市北郊。天水的地方志记载了本地的伏羲遗迹：

> 画卦台，在县城北三十里三阳川之西北隅，俗名卦台山，伏羲画卦处也。

> 龙马洞，在县城北三十五里龙马山之阳，与卦台相对。世称龙马负图出于是洞，羲皇则之以证卦。

> ——民国《天水县志》卷一《古迹》

以上史迹虽然多源于传说，但其赖以产生的人文传统，则在千百年延续不断的伏羲故事里积淀下来，成为影响广泛的民族文化遗产。建成于明弘治三年（1490年）的伏羲庙14幢古建筑及数十株古柏、古槐，就是伏羲文化的传承载体，现已成为全球华人文化认同的祖源地之一。

这种文化认同并不是凭空而生的，早期华夏先民留下的史实，由大量出土文物编织成经纬分明的文化图景，有的甚至惊心动魄。

上古时期，今天水、陇南一带曾是华夏农耕民族与北方游牧民族交错共处之地，文化碰撞十分激烈。司马迁《史记》开篇"五帝本纪"就有"舜迁三苗于三危，以变西戎"的记载。"周本纪"中的犬戎攻伐更是不绝于简帛。

"熏育戎狄攻之，欲得财物。"周先祖古公亶父为避免与戎狄的战争，不得不带领族人离开老家，渡河翻山到岐山开辟新地，是为周人立国之始。

"西伯盖受命之君，明年，伐犬戎。"西伯即周文王，在与殷纣王摊牌前先伐犬戎，亦为不得已之举。

"穆王将征犬戎，祭公谋父谏曰，不可！"周穆王的谋臣祭公鉴于戎狄随时可能再来劫掠，主张以外交手段缓和与犬戎的关系。"王遂征之，得四白狼四白鹿以归。"

后面这个"征之"实际是出访，白狼白鹿并非缴获的战利品，而是得到的外交赠礼。类似故事在《穆天子传》里也有记载：周穆王"北征"曹奴部落，结识了曹奴王（单名"戏"）。戏摆酒宴款待穆王，还献上良马九百、牛羊七千。"天子乃

033

赐之黄金之鹿,戏乃膜拜而受。"

郦道元《水经注》引述这个故事后,接着说道:"余以太和中从高祖北巡,狄人犹有此献。虽古今世殊,而所贡不异。"

"北魏太和"是孝文帝元宏的年号(477—499年)。其时郦道元在朝廷任尚书主客郎(外交礼宾官),随元宏巡访北方游牧地区,看到的献礼习俗与西周完全相同。戎、狄、匈奴等,都是古代北方游牧民族。

在生产力低下的古代社会,游牧民族与农耕民族的结构性矛盾,更多表现为劫掠与战争。穆天子之后,周王朝面临的战争威胁并没有减少,反而呈现加剧趋势,甚至还有灭国危机:

> 宣王三十九年(前789年),战于千亩,王师败绩于姜氏之戎。
>
> 幽王十一年(前771年),西夷犬戎攻幽王。幽王举烽火征兵,兵莫至。遂杀幽王骊山下,虏褒姒,尽取周赂而去。
>
> ——《史记》卷四《周本纪》

第二条引文的关键词有"西夷犬戎""杀幽王""虏褒姒"。我们再次与前章褒谷口说到的那位美女相会,看到的竟是这样一个难堪的结局,真是历史的讽刺。在此之前,周幽王为博取褒姒一个笑脸,不惜以天子的信誉为代价,点燃了传递呼救信号的烽火。众诸侯闻讯前来救驾,发现是个无聊的玩笑，从此不再相信周幽王。就像那个喜欢说谎的放羊娃，到狼真来吃羊的时候，无论他怎么喊"狼来了"，人们都不来相助了。周幽王被犬戎虐杀，诸侯们也没赶来相救。

分析周幽王悲剧的根本原因，还是在于周朝因诸侯分裂导致国力衰弱，无法抗御凶悍的犬戎。继任的周平王也不得不放弃镐京（长安），到东边的雒邑（洛阳）建都，是为东周，华夏大地于此进入春秋战国时代。《史记》记载，"平王立，东迁于雒邑，避戎寇"，准确地指出了民族危机之所在。

春秋时期的中国大势，除诸侯争霸外，与戎狄的对抗成为第二主旋律，不少进入史册的华夏豪杰都与此相关。

周襄王三年（前649年），戎、狄合力劫掠东周都城雒邑。齐桓公派管仲带兵打败犬戎，解除了周都之危。与此同时，齐桓公派出的另一支军队由隰朋带领帮晋国平定犬戎之乱。后来孔子对管仲的功绩大加赞赏："管仲相桓公，霸诸侯，一匡天下，民到于今受其赐。微管仲，吾其被发左衽矣！"(《论语·宪问》)

意思是说，要是没有管仲，我们现在可能已经跟草原上的人一样，都不会束发，只会穿一只手臂露在外面的衣服了。

三、秦公簋与嶓冢山

先秦时期华夏诸国，致力于解除这个危机并取得最大实效的，是秦国。

其时，代表华夏农耕民族与戎狄游牧部落相抗衡的，除了周天子外，最直接的就是秦国。因其所处地为周王朝西部，即今甘肃天水、陇南一带，与犬戎活动地区大面积连接，被称为西垂。

西周中叶，秦人首领非子为周王室牧马有功，被周孝王（前891—前886年）赐封秦地建邑，称为"秦嬴"。周宣王时期（前827—前782年），西戎大举进犯，攻城略地，杀人无数。秦人受命征伐西戎。秦人屡败屡战，最后由秦庄公兄弟五人领兵七千，攻破西戎。秦庄公被封为"西垂大夫"，按现代术语，就是西部军区司令，使命就是为周王朝抵抗犬戎等游牧部落的侵扰。

这无疑是个很累的活儿，却也锻造了秦人勇敢尚武的精神。到西周末年，周幽王被犬戎所杀。公元前770年，周平王东迁，秦襄公率部护送至雒邑，为东周王室立下大功，获赠伯爵，封为诸侯，标志着秦国正式建立，史称"襄公始国"。而秦襄公最后也是在与犬戎的征战中亡故的。"十二年，伐戎而至岐，卒。"（《史记·秦本纪》）

公元前688年，秦武公伐邽戎，并在此设立邽县、冀县，开启中国郡县制先例，也是天水建城之始，距今已逾2700年。史籍记载："武公伐邽戎，灭而县之，今州理上邽，即秦之旧县也。"（《元和郡县图志·秦州》）

公元前7世纪，华夏大地面临的最大挑战仍然是戎狄进犯，形势甚至更加严峻。邽冀戎、绵诸狄、荔骊戎、陆浑戎、泉皋戎、蛮氏戎、阴戎多部窜扰，威胁周王室，秦、晋两个大国也不得安宁。秦穆公继位第一年就亲自带兵征伐茅津戎（今山西平陆）并获胜，迫使西戎王暂时罢兵求和。

公元前627年，西戎王派由余出使秦国，拜见穆公。由余本是晋国贵族，因内乱出逃西戎，获得西戎王信任后，担任与中原各国打交道的使臣。秦穆公虚心向由余请教西戎各部情况，特别是西戎的强大战力是如何形成的。

由余也敬重秦穆公，毫不避讳地侃侃而谈中原与西戎的差异：华夏以礼乐治国，强调等级规范，一开始天子、国君、大夫还能以身作则，遵循礼制，所以国家安定，社会和谐。但后来从上层开始日益放纵，礼法只对下不对上，且越来越严苛。下面的人疲于奔命，心生怨恨，于是上下交恶，进而谋逆篡弑不断。这就是中原各国动乱的根源。西戎则不然，游牧部落没有那么多等级礼仪，君长与士卒平时都是普通牧民，打起仗来也不分彼此，大家一齐上。正所谓"一国之政犹一身之治，不知所以治，此真圣人之治也"（《史记·戎王使由余于秦》）。

由余对周朝政治弊端的分析可谓一针见血，秦穆公深感震撼，真诚地与由余交朋友，常向其请教治国之策以及战胜西戎的办法。

由余长久不归，引起西戎王怀疑，西戎王强令其返回。而这时由余发现西戎国情已变，戎王沉湎于享乐，不思进取，自己的谏言也得不到戎王回应，并怀疑自己通敌。无奈之下，由余只得选择逃走，投奔秦国。秦穆公如愿以偿，得到一位熟悉西戎国情的重要谋臣。"三十七年（前623年），秦用

秦公簋铭文

由余谋，伐戎王，益国十二，开地千里，遂霸西戎。"（《史记·秦本纪》）

"秦穆公霸西戎"是先秦中国史一个标志性事件，秦国因此崛起为"春秋五霸"之一，为后来的秦统一天下奠下了基石。对此，当时的周天子襄王姬郑非常高兴，特派召公送去金鼓，褒奖秦国的功绩。春秋后期的秦景公，以青铜铸器方式刻下铭文，对其先祖轰轰烈烈、恩遗后代的功德予以高度颂扬——"穆帅秉明德，烈烈桓桓，万民是敕"（中国国家博物馆《秦公簋铭》）。

这尊大名鼎鼎的秦公簋于1919年出土于甘肃天水秦岭乡（现秦岭镇），现藏中国国家博物馆。秦岭镇是中国唯一以"秦岭"命名的乡镇，位于天水市秦州区西部。流经镇内

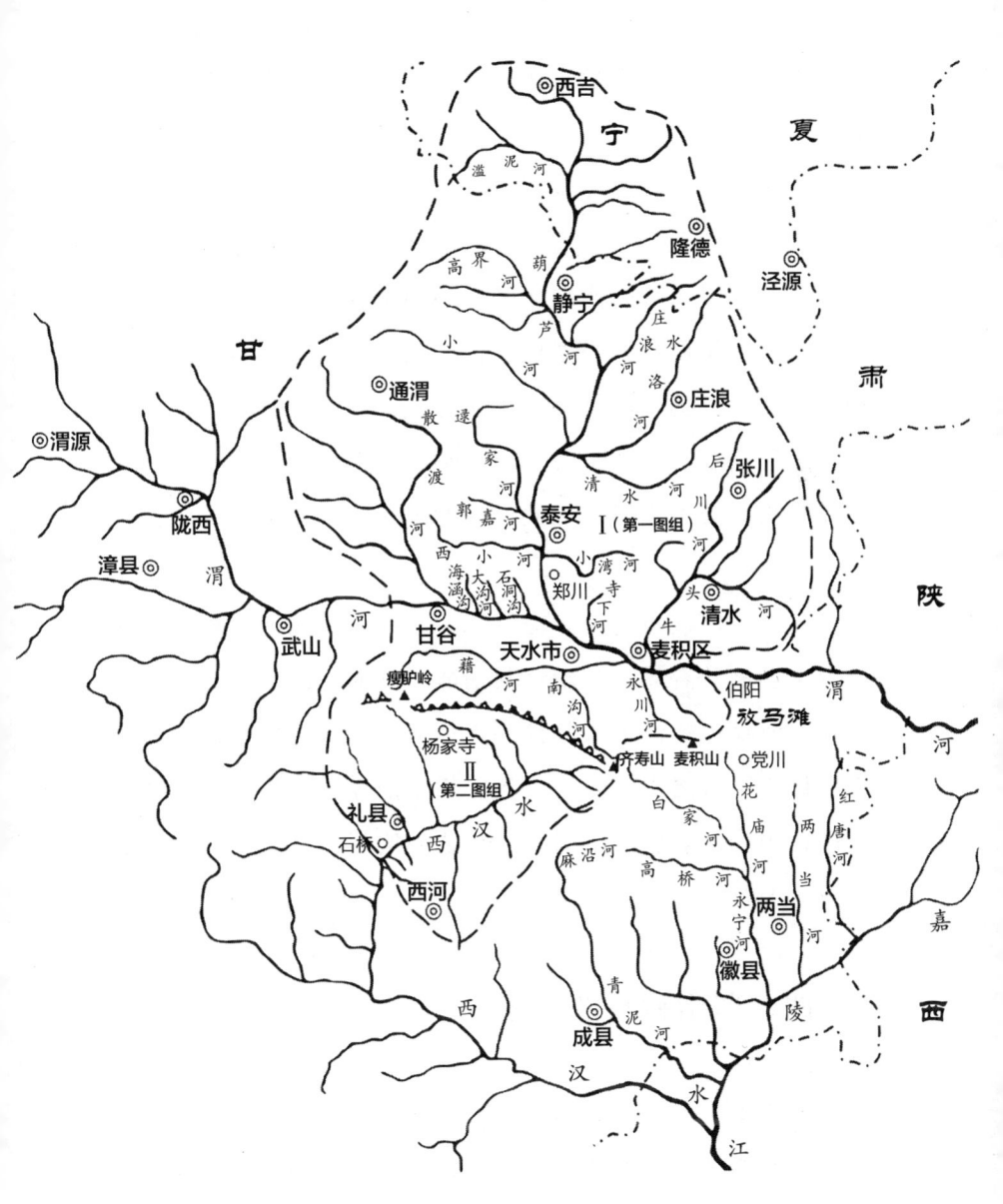

放马滩战国墓木板地图（对标复原版，天水市博物馆）

039

的稍泥河是嘉陵江西源西汉水支流，即《水经注》中的资水。感谢秦公簋，它与我的嘉陵江踏访行程竟有如此渊源，等了我2560年！

除了青铜重器秦公簋，1986年出土于天水麦积区的一幅历史地图也令我振奋。这幅《放马滩战国墓木板地图》对古西戎，即今天水、陇南地区的山川河流作了详细描画。尤其对嘉陵江上游西源两条主要支流西汉水和永宁河走向的很多记录，与今天的地图接近，直接补充了史籍留下的空缺。同时也让我觉得不可思议，2300年前的人们没有现代测绘工具，更没有太空观察手段，如此准确的地理测量，他们是怎么做到的？

此外，伏羲庙也为我提供了一条线索。相传伏羲当年在卦台山创制八卦后，为验证其功能，到成纪西南最高的嶓冢山顶，演算并验证了八卦预测天地演变之道的功效，于是将该山称作定卦之山，寿与天齐。嶓冢山今名齐寿山。受到天水博物馆和伏羲庙的指引，我很快确定了寻找西汉水源头的方向：先到齐寿山下的齐寿镇。

四、坚山村与西汉水

齐寿镇距天水市区40公里，赶到汽车总站，最后一趟班车已开走多时。天色虽已晚，心情却急迫，我于是打上出租车赶路。到得齐寿山下，见公路门廊上赫然写着"伏羲故里齐寿山"，一块心石才落下地来。

到得齐寿镇，天已黑下来，借着街灯寻找宾馆，竟没有找到。问镇上人，都说齐寿没有宾馆，得到七公里外的平南镇去住宿。出租车驾驶员也为我着急，说那就去平南，多出来的里程不加车费。西北人的实诚让人心安。

第二天去齐寿山，也得到一位驾驶员帮助。驾驶员姓何，很年轻，开着辆皮卡。听我说起要去齐寿山寻找"嶓冢导漾"之处，何师傅不解，说："我就是齐寿人，工作在平南，怎么不知道有个'嶓冢导漾'？"我跟他解释，那是古时候的说法，嶓冢山就是齐寿山，漾水就是山上最初流下的小河。何师傅说："哦，明白了，我们先去看山，再去找河。齐寿山我从小就爬过，山下的河从齐寿街上流过，小时候常在河里捉鱼，游泳。"

皮卡沿蜿蜒曲折的山路盘旋爬升，两边山林给我的第一印象是"干旱"。山上树木都不大，多处露出褐色的土岩和枯黄的林冠，难以想象古代名山的原貌。到得山顶，眼界大开，观感瞬间改变。视野所及，植被茂盛，郁郁葱葱。层层重叠的山峦，莽莽苍苍，气势雄浑，呈现出与终南山、太白山、代王山、大散岭等秦岭名山相似的气质。

海拔1951米的齐寿山是秦岭西端的分水岭，有"岳镇三江"之誉。北麓南沟河，古称赤塔水，北入渭河，属黄河水系。东南山麓的白家河，经永宁河在徽县汇入嘉陵江，属长江水系。

齐寿山西麓水流的走向最为曲折，先是北出为漾水、纽沟水，接着西向为马池水、猫眼峡水，再转南、折东而去，接纳平洛河、犀牛江，最后在陕西略阳与嘉陵江汇合，成为长江水系主要成员之一。现在我们知道，这条初名漾水的河，在《华阳国志》《水经注》等古代典籍里，就是西汉水。此名沿用2000多年，今天仍保留在中国地图上。

沿着古漾水的走向，何师傅驾车带我来到齐寿山下的坚山村，寻找西汉水的源头。村子不大，人家也不多，村边一条小溪静静流淌，几乎不闻水流声。道路尽头，皮卡不能再通行，沿溪步行而上，跨过一座小石桥，便见一个以山林为背景的公共庭院。坚山村文化墙上，"西汉水源"四个大字惊现眼前。我猝不及防，一颗心狂跳不止。好不容易平静下来，才向何师傅说："终于找到了！"

"啊，你说什么？"何师傅没听见。这不怪他，我在自言自语。之后把文化墙上的介绍文字指给他看——"嶓冢山为三江之源，其西之流，亦称漾水，又称犀牛江、西汉水，为嘉陵江一级支流……西汉水上游是秦人的发祥地，更是古代天水名称的来源。"

坚山村文化墙这个说法来自何处，村里没有注明。但天水地方志提供了参考：

> 嶓冢导漾，东流为汉，汉水发源县南百里间，是知境南诸山当为嶓冢无疑矣……关岭又东为齐寿山，赤峪谷自北，西汉水自西，永宁水自东出焉。由齐寿山而南出一支，为嶓冢山。

——民国《天水县志·山脉》

齐寿镇坚山村西汉水源文化墙

坚山村文化墙的文字，证实了"嶓冢导漾，东流为汉"的嶓冢山即今齐寿山。文化墙下，那条用堡坎和绿带精心保护起来的小溪，即是西汉水的源头，古称漾水。终于理解了《水经注》卷二十那段简短文字的价值——"今西县嶓冢山，西汉水所导也，然微涓细注，若通幂历，津注而已。"

我在坚山村看到的，就是还处于"微涓细注"状态的西汉水。虽然初看很不起眼，而有心人却不会轻视它。正如《水经注》作者郦道元一样，在"漾水"之后，仍以极大热情详细记述了这条河的流程故事，并坚信它终有汇聚众流，澎湃向前，成就大河伟业的时刻。

这个时刻，我在自己的踏访行程中也见到了。这年秋天，一个雨雾迷蒙的早晨，我在陕西略阳县桑树梁峡口，走上西汉水大桥，看着这条初名漾水的河奔流了214公里之后，终于与自秦岭代王山流过来的嘉陵江正源汇合，而其水量甚至比后者还大，我对它充满了敬意。也对最初在坚山村走过它身边时的忽视，深感羞愧，怎么可以如此轻视初生事物的无限可能性！

同时也意识到，源于秦岭齐寿山的西汉水，之所以在陇西地区曲折盘桓、流连往复那么久，或许自有其深意。她是想以自己的经历，告诉所有视嘉陵江为母亲河的人们，永远不要忘记自己的根，不要忘记那条河源头地区的古老文化。

还有一个我不能忘记的年轻人，那就是修车的何师傅。

何师傅，齐寿镇人，自述少年时贪玩，学习成绩不好，高中读了一年，读得头痛，最终放弃，去天水城区一家汽车修理厂当学徒。6年后回乡创业，在平南镇开了一家修车店。因资金有限，修车店很小，何师傅既当老板，亦当工人和业务员。他以技术和诚信赢得客户，并娶妻生子。妻子为小学同学，辞去原有工作帮他打下手，生孩子刚满月即来帮着打理修车店，孩子由婆婆帮着带。

新冠突发，修车店生意萧条下来。何师傅把皮卡兼作出租车，跑客运增加收入。我就是这样与他相识的，感谢他帮我找到了西汉水源。他却反过来感谢我，说我帮他重新认识了家乡。又惭愧以前没有多读点书，每次路过镇中学总有点不好意思，怕见到从前的老师。从齐寿山下来再路过镇中学，何师傅突然停下车，让我为他以母校为背景拍下照片。

离开齐寿山,又想起《水经注》之言:"微涓细注,若通幂历,津注而已。"世上的人,最初亦如漾水,如果没被蒸发掉,总有与众水汇成洪流的一天。

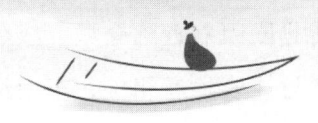

卷三 故道苍茫

> 凤鸣于岐,翔于雍,栖于凤。
> ——南宋祝穆《方舆胜览》

一、大散关与故道川

> 凤鸣于岐,翔于雍,栖于凤。
>
> ——南宋祝穆《方舆胜览》

《方舆胜览》短短数语,记录了一个与神鸟凤凰相关的传说故事。这只神鸟飞过的地方,就是今陕西省宝鸡市的三座历史名城——岐山、凤翔、凤县。

岐山是周人立国之地。凤翔古称雍城,秦统一前长期为秦国国都。凤县古称凤州,顾名思义是凤凰栖止安居之地,其前身为故道县,由秦始皇于秦统一当年(前221年)设立。这三地都有凤凰传说且相互关联,故又被称为中国凤凰文化的起源地。

至于宝鸡,既有凤凰传说,更是早期秦都,建城于公元前8世纪,古名陈仓。就连"中国"二字,也最早见于在此出土的何尊铭文"宅兹中国"。

把这几座古城连接起来的道路,也非常古老:陈仓道—故道。故道为秦蜀古道之一,其北段因靠近陈仓城,故名陈仓道。不过陈仓道进入凤县后又与连云栈道相接,东南经留坝县在武关驿合褒斜道入汉中,所以陈仓道有时也称为连云栈道。这条秦蜀古道的南段还有个名称,叫嘉陵道,因古嘉陵县得名。中国古代地方州县的命名，与山川名、道路名往往相互为据，渊源深厚，值得细究。

故道颇长，不仅完整翻越秦岭，还与嘉陵江携手并行，历经陕、甘、川三省，既丰富又复杂，充满迷幻，诱使我一周之内三越秦岭，追寻它的足迹。

第一次翻山越岭，我选择了由宝鸡去凤县的公路。乘班车走公路可以中途下车，之后再搭乘下一班车，这样可以取得与徒步行走相似的观察效果。我就在大散关景区和秦岭分水岭两次下车，两次换乘。

大散关有广义狭义之别。广义的大散关包括秦岭大散岭之古关隘和大散关景区。狭义大散关则指大散岭峰顶古关隘和古战场遗址。大散关景区由关城和一段陈仓古道组成，在秦岭北坡宝鸡市金台区，控扼清姜河谷。清姜河上游为神沙河，源出大散岭，向北流入关中盆地，在宝鸡陈仓区注入渭河。

据陕西考古专家考证，古陈仓道从渭河之滨起步，由北向南翻越秦岭，第一道关隘即大散岭上之大散关，除此别无他途。"在今秦岭顶梁东南4公里处有一开阔地，倚山势存有点将台，并有兵器铜镞出土，与史籍记载的和尚原古战场相吻合。"（龙剑辉《大散关遗址探寻》，凤县文史资料第14辑）

大散关与褒斜道上的斜峪关一样，亦为兵家必争之地，几乎历朝历代都发生过战争。最早的一次著名战役"暗度陈仓"之战就发生在这里。

公元前206年，也就是各地义军联手推翻秦二世这一年，项羽以最强实力消灭秦军主力，宣布自立为西楚霸王，以彭城（今江苏徐州）为国都。另立刘邦为汉王，管辖秦岭之南的巴蜀地区。秦岭之北的关中地区分别封给三位秦降将，章邯为雍王，司马欣为塞王，董翳为翟王，以此防备刘邦。

最初"汉王"只是个空名，巴蜀之地并不包括汉中。刘邦听从张良之计，以最先攻入咸阳秦宫掠得的财宝，由张良出面贿赂项羽的叔父项伯，请他劝说项羽将汉中地划给汉王。项羽竟同意了，刘邦于是得到了既肥沃又近便的汉中盆地。在去汉中的路上，刘邦又听从张良之劝，放火烧掉了褒斜道，表示永远放弃逐鹿中原争夺天下之心，以此让项羽放松对汉中和巴蜀的防备。

刘邦得丞相萧何之助，在汉中站稳脚跟，理顺国政，壮大经济。又拜韩信为大将军，负责练兵备战，很快得到一支训练有素、纪律严明的军队。当年八月，刘邦与萧何、韩信一道谋划重返关中大计，一边派将军周勃、樊哙带领一支兵马，努力修好前不久烧掉的栈道，做足了走褒斜道进攻咸阳的表面功夫。另一边由刘邦亲征、韩信领军的汉军主力，以不示声张的方式，走故道，出散关，进击陈仓。丞相萧何则留守汉中掌握政务，保障给养。此即著名的"明修栈道，暗度陈仓"之计。

此计谋实施结果如何？"明修栈道"与"暗度陈仓"是否皆为事实？史籍记载的是：

> 八月，汉王用韩信之计，从故道还，袭雍王章邯。

邯迎击汉陈仓。雍兵败,还走,止战好畤,又复败,走废丘。汉王遂定雍地。

——《史记·高祖本纪》

文中的雍、好畤、废丘,均为章邯治下地名,在今陕西宝鸡、咸阳一带。即是说刘邦、韩信所领汉军从故道出击陈仓,一举击败章邯军,并由此占领关中地区,奠定了最终战胜项羽、一统天下的基础。这就是"暗度陈仓"之战的最大成果和历史意义。至于"明修栈道",查多部史籍,均无记载,多半为后世的故事演绎,有趣而已。真实的历史是,东汉初期,明帝"诏书开斜,凿通石门",对残损约260年的褒斜古道进行修复。

《史记》在这里也没有直接提到"大散关"。不过以"汉

散氏盘(台北故宫博物院藏,宝鸡青铜器博物院复制)

王用韩信之计,从故道还",以及秦岭以北为章邯所据雍地,可以推想大散关之战的可能性。这也是秦蜀古道用于军事目的最为明确的记载。

400年后的三国时期,诸葛亮数次北伐曹魏,其中一次经故道出陈仓,明确提到散关战役,则是对"暗度陈仓"散关之战的一个旁证。

蜀汉建兴六年(228年),诸葛亮先获攻占祁山、响震关中之胜,接着因误用马谡,让魏将张郃乘隙而入,痛失街亭。诸葛亮以《后出师表》检讨北伐失利之责,并对局势重新作出评估判断,又以"鞠躬尽瘁,死而后已"的誓言明志,决心继续北伐,以实现一统天下的政治抱负。在获得后主刘禅赞同后,诸葛亮再次率军悲壮出征。"于是有散关之役……亮复出散关,围陈仓。曹真拒之,亮粮尽而还。"(《三国志·诸葛亮传》)

尽管严肃的史笔通常缺少战争进程的细节描写,但其所记载的两次大战本身,以及后来的南宋吴玠、吴璘抗击金兀术,已然在故道与大散关刻下历史巨痕,并为后登关山的人们留下无限想象空间。

南宋陆游在《书愤》一诗中写道:"早岁那知世事艰,中原北望气如山。楼船夜雪瓜洲渡,铁马秋风大散关……"陆游的诗句极可能来自实感,他在陕甘川故道上留下的大量诗篇可作旁证。不过他来的时候可能天气不好,秋风阵阵,道阻且长。他是如何爬上秦岭分水岭的,我们想象不出来。而我乘坐班车登上分水岭,却真实体验了行路之难。

大散岭与大散关之得名，均来自西周散国。著名国宝级文物散氏盘就出自散国，散氏盘铭文357字，其中提到的"周道"，有研究者指出即后来的故道。由此可见故道的历史，直可与古褒斜道相媲美。

由大散关景区往南，进入秦岭的公路标高陡然提升，路侧竖立的18块警示牌及连续出现的18道上坡急弯，让人头晕脑涨心跳加速。到达大散岭下的分水岭，班车由此转向秦岭南坡，接着又是急弯下坡。经此旅程，我也真正领教了秦岭之险与故道之难。不过，这段长约15公里的急弯下坡之后，班车驶过一座公路桥，道路即刻平坦下来。

这座桥有个颇响亮的名字——东河桥。桥南村庄现在成了网红地，名字就叫东河桥村。东河是哪条河？村庄是因河而红，还是因桥而红？我有点好奇。

陕西凤县一幅历史导览图提示我，东河就是故道川。故道川得名很早，北魏郦道元有关于其来源的说明：

> 浊水又东南，两当水注之。水出陈仓县之大散岭，西南流入故道川，谓之故道水。
>
> ——《水经注》卷二十

这里所说的"大散岭"，即位于古陈仓县的秦岭西部山脊，前面述及的大散关、分水岭，以及接着要说的代王山，都在大散岭范围，故需在"散国之岭"前加个"大"字。郦道元心细，把川与水也作了区分，川指河道，水指河流。故道川、

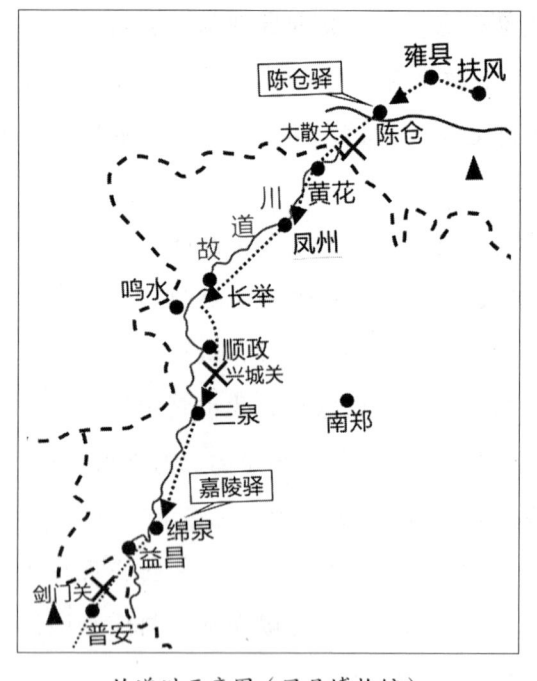

故道水，说的都是故道河，其上游今名东峪河，简称东河，东河桥之得名即源于此。东峪河的发源段叫东峪沟。故道川、东峪河、东峪沟，河的名称因水量大小而变，越到上游，水量越小，这是自然规律。

故道川示意图（凤县博物馆）

郦道元在这里，把两当水与故道水的源流关系也说清楚了，故道水是源，两当水是流。这很重要，值得认真探讨，此是后话。

"故道川"与"故道"得名孰先孰后，似乎无需考证。川就是河，在人们走出道路之前，这条名为"故道川"的河早就存在了，而且不会轻易改道。直至今日，人们在东峪河上架起了一座干线公路大桥——东河桥，对故道川而言也具有历史意义。当地居民把村庄称作"东河桥村"，"东河桥村"也成为网红地。究其原因，除了有个"豆腐广场"，与被称为"豆腐鼻祖"的西汉淮南王刘安有点关联外，更深的渊源，则在于是由东河桥可以追溯到古代的故道川。

从宝鸡越秦岭而来的汽车驶过东河桥后，可在沿河公路上一直南行，去往凤县、两当、徽县、略阳、宁强，之后进入广元、阆中、南充，最终到达重庆。这条古名故道川的河，今名嘉陵江。

二、代王山与嘉陵源

从东河桥村出发，溯东峪河而上，我的踏访目的地是秦岭代王山嘉陵江源。

"嘉陵江源"一词的出现时间，需要考证。可以确定的是，南北朝以前还没出现。《水经注》里甚至连"嘉陵江"一词也没出现，在名称上与之最接近的是"嘉陵道"和"嘉陵水"，且只出现了一次——"汉水又南入嘉陵道，而为嘉陵水"。

这里的"汉水"，因"嶓冢导漾，东流为汉"，确定指嘉陵江干流无疑。此外《水经注》出现最多的是西汉水、故道水和白水，三者都是让"汉水"成为一条大河的主要水源贡献者。而这也是《水经注》作者郦道元留给后世的又一个争议谜题：西汉水、白水、故道水，谁是嘉陵江的正源？

前已述及，西汉水源自甘肃天水齐寿山，初名漾水。白水在《水经注》里亦称羌水，今名白龙江，源于甘肃碌曲县与四川若尔盖县界的岷山北麓，在广元昭化镇汇入嘉陵江，全长500多公里，为嘉陵江最长的支流。而故道水虽然长度小于白水和西汉水，却自唐宋以后，越来越受到人们的重视。这条故道水究竟有何魅力和玄机？在东河桥村住下的第二天一早，我迫不及待地返回秦岭分水岭，去寻找代王山东峪河的源头。

秦岭分水岭在地理上既是黄河与长江两流域的分界线，也是嘉陵江源头景区大门所在地。景区很大，实际由嘉陵谷、神沙谷两条河谷及其水源保护森林组成。嘉陵谷代表嘉陵江、长江水系，神沙谷代表渭河、黄河水系，标志性意义明显。

嘉陵谷是东峪河上游所经峡谷的称谓。迟至北宋时期，人们开始认识到其在嘉陵江流域的重要地位，"大散关西南有嘉陵谷，即嘉陵水所出，自是始有嘉陵江之名"（北宋王存《元丰九域志》）。

峡谷河床，有一处梯级跌落式瀑布，由整体浅褐色花岗岩构成。长近百米的巨石河床，经受百万年水流冲刷，始终

嘉陵江源头（凤县代王山东峪沟）

不改其刚强性格，没有变成窄沟或深潭，终成这条规模宏大的"千里嘉陵第一瀑"。瀑布水柔似绸缎，湍湍流淌，与巨岩河床合奏出一曲美妙的天籁之乐，"嘉陵谷"得其所哉！嘉者，美也。

汽车沿河谷一路爬升，到代王山观日台，海拔已由1500米提升到2450米。观日台亦为制高点，视野开阔，气象万千，秦岭诸山历历在目，近在眼前者便是海拔2598米的代王山。

代王山下方，东峪沟林箐间，一片不大的水面将阳光反射过来，十分耀眼。仿佛接到一纸盛情邀约，让人不由自主地赶去。徒步而进，山林苍翠，花草葱郁。沿湖边小径上行，赫然而见一块巨石，上书"嘉陵江源头"几个大字。原来心心念念那么久的母亲河源头，已经近在眼前！

石碑右侧，源头小溪汨汨流淌，水波微漾，清澈至极。我从嘉陵江入长江处走来，这源头活水让我感受到一条河的伟大，离不开无数这样的涓涓细流。它们自然，纯净，漫无目的而又不约而同地执着前行，直到在朝天门汇入长江以至大海。心中不免激动难抑，于是拿起照相机，一阵狂拍。

我又想自拍留影，便四处张望，寻找合适方位。石碑处地面不宽，退不开身，我决定跨溪拍照，看准水中一石踏上，不料脚下石头松动，我一下摔倒水中，四仰八叉如猪八戒过流沙河。幸而人未受伤，只是鞋、裤全湿，衣湿多半，手上拿着的单反相机全没水中。赶紧站起身收拾，把相机擦干，试着拍照，但相机已无反应。换电池、存储卡，再试，仍无反应。只好罢了，用手机拍照留念，衣衫水痕斑驳，头发乱七八糟，也不在意了。

我在母亲河边长大，跟那里的江水从小亲近，游泳、放滩、打水仗，任性玩耍，无所不至，母亲都看在眼里记在心中呢。今日来到她的出生地，母亲似乎也有心开个玩笑，让我以孩提时代的方式与她亲近，水源之痕由此铭刻在心。

不知道北魏郦道元有没有我这样的体验。从《水经注》对故道水的描述看，他大概没有去过水的源头。原因不难猜想。相较华山、终南山、太白山等秦岭名山，代王山东峪沟遥远偏僻，人迹罕至，很久以来都是一片处女地，保持着自然的原生态。正如一首唐诗所言：

古今传此岭，高下势峥嵘。
安得青山路，化为平地行。
苍苔留虎迹，碧树障溪声。
欲过一回首，踟蹰无限情。

——唐孟贯《过秦岭》

这并不是说郦道元对故道水不够重视，或对嘉陵江寻源知难而退。事实上这位中国水文化的开拓者，对故道水的记录，已经为后世人们寻访并厘清嘉陵江源留下了非常珍贵的线索。

《水经注》对故道水的来源及名称的形成作过说明——"水出陈仓县之大散岭，西南流入故道川，谓之故道水"，之后紧接着，便将故道水的流向作了描述。故道水所涉及的古代地名与水名十分丰富，诸如故道城、唐仓城、困冢川、利乔山、广香交、秦冈山、尚婆城、凤凰台等地名，以及马鞍山水、北川水、广香川水、尚婆水、黄卢山水、两当溪等河流名。每个名称都有自己的故事。

循着《水经注》的指引，找到上述地名和水名对应于今天的地方，即使只有部分吻合，也能勾画出故道水的真实面貌，揭示其与嘉陵江的历史渊源，解开"嘉陵江源"争议之谜。我为这个思路兴奋不已。

在唐代《元和郡县图志》中，与"故道"相关的地名和水名，都属凤州。"州"是唐代地方"道"之下一级行政单元，相当于今天的地、州。凤州隶属山南道，下辖三个县，分别是梁泉（今陕西凤县）、两当（今甘肃两当县）、河池（今甘肃徽县）。

三、双石铺与灵官峡

唐代凤州州治在梁泉县，治所在今凤县凤州镇。它就是《水经注》里的故道城。这一点，《元和郡县图志》把方位标示得很清楚，因为有条故道水。

> 梁泉县，本汉故道县地……故道水出陈仓县之大散岭，西南流入故道川，今州理，即故道川也。
> ——《元和郡县图志》卷二十二

从故道城到凤州城、凤县城，在汉代以后的两千多年里，这座古城大多数时候都是嘉陵江上游源头地区的中心城市。直到1951年，凤县人民政府由凤州城南迁至距此11公里的双石铺镇。

今日凤州古镇，依旧保持着古城的风貌，成为凤县历史文化与交通发展的传承、见证地。凤县博物馆与宝成铁路凤县站都设在这里。

双石铺也是依傍嘉陵江而兴的一个古镇，最早设立于北宋时期，初名方石镇，因得嘉陵江边一双峰巨岩护岸之祥，故名。1949年11月，凤县全境解放，在此设立双石铺市，1951年6月改市为镇，成为凤县新县城。

对于双石铺取代历史文化底蕴深厚的凤州古镇为凤县"首善之城"，我曾感到不解，凤县人所作选择的依据是什么？带着疑问去当地权威部门寻求帮助，县委宣传部小张找出一堆资料，并请来一位"老凤州"为我解疑。"老凤州"也姓张，70多岁，曾为新闻记者和作家，长期从事县域文化研究与写作。说起家乡，张先生纵横捭阖，侃侃而谈。说到双石铺，愈加兴奋。据张先生讲述，双石铺历史悠久，开放包容，20世纪30年代，路易·艾黎等国际友人就在双石铺创办了工业合作社等企业和学校，为中国抗日战争作出了贡献。张先生最后严肃建议我，要真正了解双石铺以至凤县，就必得走透一山、一水、一峡谷。双石铺从凤州到凤县的演变，全在此三者。

张先生说的一山，就是双峰石所依之丰禾山。丰禾山古时即为县境名山，至今古柏苍翠，佛音缭绕。史籍中"凤鸣于岐，翔于雍，栖于凤"的历史传说，即与此山相关。

一水，即凤凰湖。嘉陵江到此，与其源头地区最大支流小峪河相会于丰禾山下，水量倍增。人们因势利导，筑坝围堰，形成一个百万平方米的人工湖，并以凤栖传说为其命名，目前已成为国家AAAA级景区。

在凤县《双石铺镇情简介》中，突然读到两个既熟悉又陌生的地名——"双石铺，北魏称困冢川""北与唐藏镇紧连"，我一下禁不住拍案叫绝。所谓熟悉，是因为此前在典籍里反复读到过这两个地名。而陌生则在于，这两个地名从未在我的踏访过程中出现。中国古代地名经历千百年岁月淘洗，大多消失不见，只能在典籍里寻找，这是常态。《水经注》卷

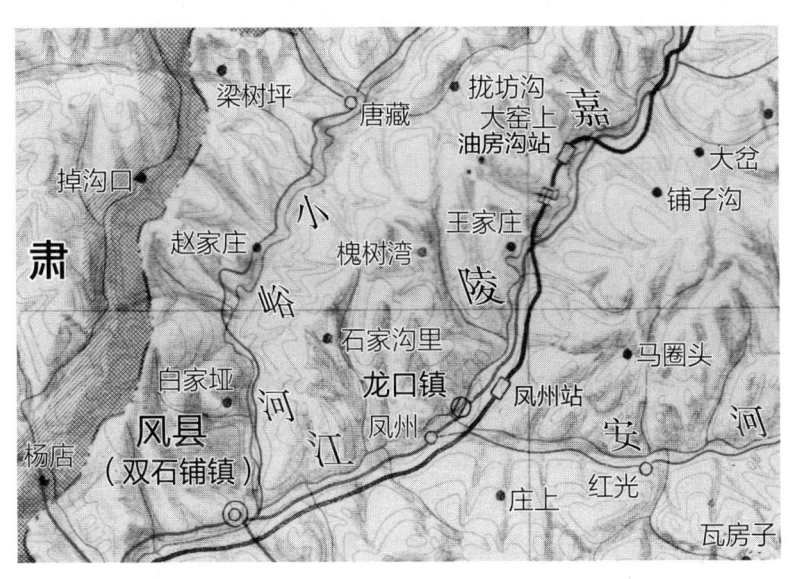

凤县地图上的嘉陵江、小峪河及唐藏、凤州、双石铺

二十的记载是:"北川水出北洛塓山,南流径唐仓城下,南至困冢川,入故道水。"

原来困冢川就在双石铺,唐仓城即今唐藏镇,我找了它们很久!

找到唐仓城和困冢川,北川水是今天的哪条河就不言而喻了。它就是在双石铺(古困冢川)汇入嘉陵江(古故道水),成就了凤凰湖的小峪河。小峪河古名北川水。

还有一个峡,也是依嘉陵江而存的,名叫灵官峡。

灵官峡被称为嘉陵江上游第一峡,因宝成铁路扩建改道,留下一段工业遗址。隧道、铁轨、蒸汽机车与峡谷、江水、苍翠悬崖,以及一组由劳动者和小说文字组成的雕塑,使灵官峡成为一个风格独特的景区。我去时刚下过大雨,烟雾缥缈间,一切看上去都仿佛蒙上了一层迷幻之色,启人遐思。多年以前,一位作家就是在这里,受到嘉陵江峡谷环境与宝成铁路建设工地奇妙氛围的触发,写下《夜走灵官峡》一文,成为中国当代短篇小说的佳作。

灵官峡位于陕西凤县与甘肃两当县交界处,自铁路工业遗址博物馆延伸至两当县灵官峡登真洞景区,也是嘉陵江自陕西进入甘肃的标志。

灵官峡甘肃两当段所在的鹫鸶山是道教名山,景区"灵官峡""登真洞"得名皆与此有关。灵官殿古建筑和张果老登真洞皆倚鹫鸶山而存,分别位于国道316线两边,景区建了天桥跨越公路将两景点连接。灵官殿建于明末清初,主祀对象为道教护法仙人王灵官。相传王灵官为北宋两当县人,本地灵官村是其老家。

比王灵官知名度更高的道教人物张果老,在此也留下遗迹。清康熙《巩昌府志》载:灵官峡中两山耸秀,一名曰南岐,一名曰来仪,南有鸳鸯山登真洞,相传张果老修行登真之处。

从《全唐诗》所收张果《题登真洞》诗所附小传可知,张果实有其人,两当是其故乡,曾获唐玄宗授"青光禄大夫",赐号"通玄先生"。今登果老洞,见其门匾题为"张果故居",信然。

嘉陵江畔的两位道教人物,活动年代均在北魏之后,其所处山水及故事未被《水经注》记载,亦合情理。但郦道元也没有漏掉对两当山水的叙述。故道水在困冢川接纳了北川水之后,继续向西南方向延伸:

> 故道水又西南历广香交,合广香川水。水出南由县利乔山,南流至广香川,谓之广香川水,又南注故道水,谓之广香交。
>
> ——《水经注》卷二十

这里的广香川水,很明显是故道水(嘉陵江)的一条支流,其源头在南由县利乔山,因为流过广香川而得名广香川水,最后注入故道水的地方,就叫广香交。

广香川和南由县均为古地名,在今天的政区地图里找不到。陕西地方志记载,南由县只在公元6世纪北魏至西魏时期短暂设立,属武功郡,其地在今陕西宝鸡与甘肃天水界,亦即西秦岭南麓。幸运的是，利乔山这个地名保留至今，为我们寻找广香川水提供了线索。

利乔山在今甘肃天水麦积区，由此发源的广香河主要河段在陇南两当县内，今名两当河。嘉陵江上游众多支流长期以来都分段命名，有时互相交叉，同时并存。两当河自北向南，也分别叫了前川河、太阳河、两当河，都以所经地名为河名，此习惯保留至今。

四、广香川与站儿巷

两当河与广香河现在所指为同一条河，其名使用时间孰先孰后？这问题其实也是郦道元留下来的。《水经注》同时记录了"两当水"和"广香川水"。

其中"广香川水"确指纵贯今两当县的两当河。这既是《水经注》的描述，也是两当县民的普遍共识，当地老年居民在口语中，仍习惯叫它广香河。我去两当县博物馆参观时获赠一册文学期刊，刊名即为"广香河"。县城一些街道名、商店名也有以"广香"命名的。同时使用的还有"故道"，显示出人们对历史文化的珍视，并以身处故道为荣。先秦至南北朝时期，两当县与凤县都是陇西郡故道县地。直到公元474年北魏分故道县地，设两当县，两当县名始见于史籍。这也是《水经注》把流经两当县境的故道水，称为"两当水"的原因。

郦道元是北魏后期人，他循故道水来到刚得名的两当县

两当县保留的古代地名"故道""广香"

境，听到的是当地居民依河流分段命名习惯，把这段故道水叫作了两当水。而当他走进两当县时，也依实情记录下那条纵贯南北的县内最大河"广香川水"。

不过，郦道元把本来为故道水之一段的两当水写进典籍里，也给后世阅读者造成了误会。随着时间的推移，原有其名的广香川水被后来的人"正名"为两当河，以适应其流经两当县全境的现实，从而让一条河有了两个名称，至今亦然。

从前的广香川水，今天的两当河，在穿越两当县城后，最终在县南的站儿巷镇冯家河村汇入嘉陵江，其地名为县河口。"县河"也是当地百姓对两当河的习惯称呼之一，犹如四川达州人把渠江支流前江称为"州河"。县河入嘉口，在《水经注》里记载为"广香交"，字义直白，就是广香川与故道水交汇地。

那天下午,我顶着烈日在两当县城大街上走了两公里,到城南崖角村乘上乡镇穿梭面包车,去冯家河村寻访广香交。一路颠簸中,想象着这一个"两江汇",该有怎样的景象,结果却有些失望。由于上游筑坝蓄水,两当河流到广香交口,水量已经很小,没有对嘉陵江形成冲撞,更没有重庆朝天门两江汇一样的"夹马水"奇观。

但我仍止不住激动,赤脚涉过卵石河滩,踏进广香交,双手掬起江水饮下。清凉甘甜、沁人心脾的感觉,顿时将酷暑和疲累清除干净。嘉陵江在这里是一个峡谷,当地称作冯家峡。峡谷颇长,向南延伸至站儿巷镇。

站儿巷一名有点特别,到镇上向居民询问镇名来历,居民竟然都不知道。当晚住镇上宾馆,与老板攀谈始得一个解释。宾馆老板姓林,年逾花甲,祖父辈即世居于此。老林年轻时当过生产队长,后来去城里建筑工地打工,还做过包工头,20年后回到乡下安居乐业。其时撤乡并镇,清理集体资产,将老旧房屋出售给村民。老林以做建筑积蓄的30万元,买下乡办公室两层楼八间房,改建为宾馆,主要接待铁路旅客。宝成铁路两当车站设于此,距县城17公里。早些年全镇仅此一家宾馆,老林经营获利颇丰,一双儿女读大学成家立业皆受益于此。

说到宝成铁路,老林感慨颇多,说这里原本偏僻落后,叫太坝村,只有一条小巷。1957年修通了宝成铁路,在这里建火车站,连带修通了公路。村民出行方式有了改变,太

站儿巷镇口石碑所刻镇名，为现代书法家舒同所题

坝村也改成了站儿巷乡，现在是站儿巷镇。"我父亲当年也参加了修铁路。他读过私塾，在民工中有点文化，跟着北方来的铁路师傅跑。北方人把车站叫站儿，所以这里就叫了站儿巷。"

原来如此！老林对站儿巷地名来历的解释有无根据，无法查证。但他对宝成铁路的感恩之情却是真实可信的，这也让我的踏访多了些收获。我从宝鸡越秦岭一路向南走过来，从凤县东河桥村开始，宝成铁路一直与嘉陵江并肩同行，原来勘察设计人员跟1500年前的地理学家郦道元走的是同一线路啊！郦道元也是北方人，出生于北魏范阳涿州（今河北涿州）。

我同时理解了宝成线秦岭站没有设在秦岭分水岭（青石崖站设此），而是设在岭南十多公里远的东河桥村的深意。北方来的铁路科学家们，对南方山水也充满了浪漫情怀，从勘察线路到车站选址，以及为车站命名，都在强调宝成铁路与嘉陵江的历史渊源。他们也是以此向《水经注》作者致敬吗？

流经凤县和两当县的故道水，在郦道元写就《水经注》之后还会经历什么传奇，掀起怎样的波澜，他没有作出预言。而这位脚踏实地的践行者，面对接下来的行程仍然充满探索的激情。在他笔下的"故道水"和即将出现的"汉水"，以及叙述还没完结的"西汉水"，仍然充满传奇和悬念，其中也包括嘉陵江正源的争论。

我们继续追随他的足迹，一探究竟。

卷四 氐马羌笛

> 悬崖之侧,列壁之上,有神象,若图指状妇人之容,其形上赤下白,世名之曰圣女神。
>
> ——《水经注》卷二十

一、尚婆水与嘉陵镇

走过广香交和站儿巷,嘉陵江继续向西南流出两当县境。然而,故道水的故事尚未完结。"故道水又西南,入秦冈山,尚婆水注之。"郦道元的笔触来到甘肃徽县境内,首先让我们认识的就是秦冈山和尚婆水。这两个地名在今天的地图上也找不到。唐代《元和郡县图志》对此作出了解释:"尚婆水今名石磬水,水多磬石,因以为名。俗语音讹,故云尚婆。"(《元和郡县图志》卷二十二)

这是说"尚婆"不是来自人名,而是因谐音"石磬"形成的俗语名称。但俗语为什么会有这样的一个谐音?为什么不是"蛇盘"或者"筛钵",偏偏要叫"尚婆"?《元和郡县图志》没有解释,而《水经注》却为此勾勒出一幅民俗风情画。它是说在秦冈山的悬崖峭壁之上,有天然形成的美女形象,老百姓称之为圣女神。这正是"尚婆"的词源意义,尚者,圣也,婆,在古代泛指女性。对此,近代出版的《二十五史补编》还作了补充:"像女子仰卧,据首举手,有所道也。"道即引导、招呼,显示的是一种热情。

原来"尚婆"的得名,既是自然山水的启发,也是民间文化的结晶。今日凤县、两当县、徽县,还流传着美丽仙姑与勇敢猎人的爱情故事。从石磬到尚婆,地理和民俗的结缘,或许也是中国文化数千年传承不绝的奥秘之一。今天的研究者据此寻找，指出这条有很多磐石的河，就是徽县境内的嘉陵江支流永宁河。永宁河上游的白家河，也发源于秦岭西部南麓、天水麦积区那座因广香川水而被我们熟知的利乔山，"水源北出利乔山，南迳尚婆川，谓之尚婆水"（《水经注》卷二十）。

永宁河在陇南徽县是一条全域性的大水量河流，自身就有好几条支流。它为流经徽县东南一角的嘉陵江贡献了分量很足的水源，成为嘉陵江流域的重要组成部分。

从两当到徽县的嘉陵江行程，我因地质学和美学造诣不够，没能识别出圣女尚婆的真容，却也领略了尚婆川天然美妙的峡谷风光。嘉陵江，亦即故道水，自灵官峡起始，便进入秦岭南坡一连串峡谷之中，山峰奇崛，怪石嶙峋，江水奔腾，激流喧豗。年轻的嘉陵江仿佛跃跃欲试，准备登上一个举世瞩目的大舞台，进行一场激情澎湃的演出。徽县山水便是那一众舞者的突出代表。

除了秦冈山和尚婆水，徽县境内还有全国唯一以嘉陵江命名的镇，这也是我必须到徽县实地踏访的原因之一。

嘉陵镇位于徽县南部，整个地形就是峡谷间的一块坝子，原原本本地保存了嘉陵江自然生态的精华部分。巍峨的大山、碧绿的江水、幽深的峡谷、洁白的岩石，无不赏心悦目。峡谷间架了一座单跨斜拉钢结构大桥，命名"嘉陵大桥"，省了"江"和"镇"字，却把两者都涵盖了，颇具匠心。在桥上观小镇全貌，嘉陵江如一条翡翠纽带，把峡谷两边陡直的山和镇街连接起来。走访桥头人家，问眼前那座有两个山头并立的山叫什么名。一位中年汉子不假思索地回答道，张口山。"张"在此读作"zā"，他说的是四川方言，通俗易懂。

嘉陵镇居民说四川方言也是古有的传统，世居者多为蜀人。秦蜀古道中的故道，在徽县段亦称驿道、蜀道。嘉陵江岸的栈道石孔保存至今，无声地述说着千百年来的故事。

嘉陵镇在徽县东南角，地处陕甘川三省交界处，曾是陕甘两省通往巴蜀的一个渡口。当年诗人李白从长安经陈仓走故道入蜀，由此登岸，艰难地爬上青泥岭，留下"青泥何盘盘，百步九折萦岩峦"的感叹。一千多年后的清嘉庆十六年（1811年），青泥岭的乡民刻了一块石碑，描述他们眼里的《蜀道难》——"徽县至虞关之通道也，自石家峡至杏树崖二十余里，路皆崔嵬，险阻可畏……"

乡民们刻下这块额题为"远通吴楚"的石碑，当然不是像李白一样为了抒情，而是为了筹款修路以便出行。石碑至今保留在青泥岭下的青泥村。青泥岭也在嘉陵镇内，主峰铁山海拔1746米，北锁秦陇，南控巴蜀，远通吴楚。今日嘉陵镇虽已不再为兵家所争，古渡口也被两座大桥取代，而其"南控巴蜀"的交通枢纽地位依然突出。

与两当县的站儿巷一样，宝成铁路徽县站也不在县城，而是设在距县城20多公里远的嘉陵镇，嘉陵镇重要性可见一斑。前已述及，宝成铁路除广元至成都段外，大部分线路都与嘉陵江并肩而行，嘉陵江是铁路设计的灵感所在。或许也正因如此，我与嘉陵镇注定有一次终生难忘的邂逅，两天内数度与其相逢，差不多可以称作迷失了。

那天在徽县城里参观走访博物馆、回民街后，我计划先搭中巴车去嘉陵镇，然后乘火车去下一站陕西略阳。早前查询到从宝鸡到略阳的火车，每天只有两趟，上午是T7特快，下午是一次普快列车。到火车站后，跟中巴车司机询问，去了嘉陵镇后，还能否赶上6064次车。司机肯定地说，能，下午2点40的车，你有两个小时空余。

宝成铁路徽县站与嘉陵镇隔江相望，距离不足一公里，沿河滩上行很快就到了嘉陵大桥。过桥走完镇街，掐着时间回到火车站，售票窗却无人值守。原来票务员去了出站口，帮着为刚到站的旅客检票。看看时间足够，我在站厅轻松等待。待票务员回到售票岗位，我随即递上身份证，说："我要一张去略阳的票。"

"你是要去岳阳？"票务员问。

"不是岳阳，是略阳，6064次广元车，经停略阳。"我强调。

票务员奇怪地看我，说："6064是北上车，去宝鸡的。刚刚开走那趟车才是南行去略阳和广元的，6063！"

啊！原来，我竟把车次记错了一个数，眼睁睁错过了本应该乘坐的车次！而下午已不再有南行车次。

旁边一位站务员听着我与票务员的对话，为我惋惜，说："你进站时明明看到有列车到站，旅客下车，怎么就不问问是去哪里的？即使没有及时买票，你说明情况，我们也会让你进站，先上车后补票。唉！"

我的天！我开始反思自己的问题出在哪里。先前一心想的只是嘉陵镇和嘉陵江，火车车次的数字差异完全没放在心上。两个小时想着一件事，只认定那个概念，人因何可以变得如此固执！

下行列车明天才有了，要去略阳只能回县城乘长途汽车，太辛苦，也太冤枉。在火车站大门外看着滔滔南去的嘉陵江，我突然意识到，一路下来，都是在汽车上欣赏她的。公路沿江铺展，好处是可以随时停下观景，但位置偏低，视野受限，很多时候无法看到江流全貌，对宝成铁路与嘉陵江的亲密关系也无法体验。我瞬间决定"将错就错"，改变行程。既然早已认定了"6064"这个纠缠我那么久的列车数字，我就再固执一回，乘6064次火车穿越秦岭回到宝鸡。

下午乘上"6064"，再次看到两当、凤县、秦岭、大散关等熟悉的地名，心情已不再沮丧。宝成铁路是最早实现电气化改造的线路，"绿皮火车"已今非昔比。那天列车很空，我一人用4座加一桌，摆上照相机和笔记本，就成了临时办公室。

一路上再看嘉陵江和秦岭，因火车上视角升高，境界大变。大散岭的山巅和峡谷历历在目，我对宝成铁路的认识也更清晰。现在可以准确地说，铁路意义上的"秦岭"，就是指南起宝成线秦岭站，上行经青石崖、观音山，到杨家铺约70公里的山间与隧道路段。是为秦岭山脉西段。

从东河桥村秦岭站开始，上行列车频穿山洞，海拔高度快速提升，直至可以俯瞰大散岭嘉陵源景区大门。宝成铁路在这里的标志是"秦岭之巅·共青团车站"，正式名称为青石崖站。

第二天一早，我在宝鸡乘上 T7 特快再穿秦岭下行。一路大雨，把杨家铺、观音山、青石崖、东河桥、黄牛铺、凤州、站儿巷及嘉陵江众峡谷，浸润成一幅幅古典水墨画。挂在车窗玻璃上的雨痕，犹如画家随意点染的淡墨，别有一种趣味。

列车载我再到徽县站，天空突然放晴，阳光奇迹般重临大地。我仿佛听见一声召唤，抓起照相机跑到站台北端，站上一个高台往嘉陵江东岸看。却见嘉陵大桥西岸护坡上，高高竖立的五排钢架，分七层悬挂起总共 455 只红灯笼，像一条喜庆无比的彩带系在青山绿水间。顿时想起昨天去嘉陵镇街的社区问过，悬挂这么多灯笼有什么特别用意吗？一个年轻姑娘回答说，那是环境保护标志，森林与沿江、沿铁路的土地禁止开发，也不能打鸟。2014 年嘉陵镇获得环保部表彰，成为国家级生态乡镇，挂红灯笼既是喜庆，也是提醒勿忘传统。

当时我听着没太在意，现在才恍然大悟。嘉陵镇一带山水，包括那座"张口山"，原本是秦冈山和尚婆川的一部分，人们与候鸟历来相处和谐。对此，《元和郡县图志》在说明"尚婆"与"石磬"的词源关系之后，接着记载了一段自然佳话：

（尚婆）川中有鸟群飞，二月从北向南，八月从南还北，音如箫管，俗云伎儿鸟。春来则种禾，秋去则种麦，人常以为农候。

——唐《元和郡县图志》卷二十二

1400年前的这个图景，因为嘉陵镇而深深刻进脑子里。在我再次告别嘉陵镇，乘车赶赴陕西略阳时，它也一直浮现在脑海中久久不散。这时，天空似乎也迎合着我的思维，淅淅沥沥地又下起了雨。车窗外，雨中的嘉陵江连续穿越陇南月亮峡、乳峰峡、神龟峡等一众峡谷，依然保持着水墨山水画般的自然之美，古朴，沧桑，赏心悦目。还有"古道，西风，瘦马"之类，直至联想暂时中断于略阳。

二、仇池国与武兴国

略阳，古代曾有多个名称。先秦为苴国及秦国葭萌地，汉以后为武都郡沮县。东晋义熙五年（409年），后秦在此立南梁州、武兴郡、武兴县。"武兴"及后来的"兴州"之名使用近八百年，直到南宋开禧三年（1207年），始得"略阳"之名。今为陕西省汉中市略阳县。

略阳在华夏西南真正受到特别关注，是在南北朝时期。氐人杨氏家族在陇南崛起，先后建立了仇池国、阴平国、武兴国等地方割据性政权，实际统治氐羌地区。不过，那已经是氐民族发展史的余绪了。

历史上，今甘肃东南、陕西西南、四川西北，即西秦岭以南地区，曾为氐人和羌人聚居地，统称"氐羌"。《史记》开篇"五帝本纪"在叙述舜的史迹时就有氐羌的记载。《诗经·商颂》讲述了商朝时的氐羌故事——"昔有成汤，自彼氐羌，莫敢不来享，莫敢不来王。"到西汉时期，白马氐人

已形成强大部落——"自冉駹以东北,君长以什数,白马最大,皆氐类也。"(《史记·西南夷列传》)

公元4世纪,氐人在中国西部先后建立了成汉、前秦、后凉等政权,成为"五胡十六国"的主体部分。其中以苻坚统帅的前秦最为强大,不仅成功逐鹿中原,还一度威胁到东晋的生存。假若没有东晋大都督谢安、前将军谢玄力挽狂澜,在淝水之战中创造了军事史上以少胜多(8万∶80万)的经典战例,让苻坚吞下"八公山上草木皆兵"的惨败苦果,中国的历史极有可能是另一种版本。

回到嘉陵江边来。苻坚的失败或许可以看作氐人这个古老民族的一个历史性转折。在此之后,北方氐人大都融合于其他民族。而回到老家的氐人,则在南北朝时期继续彰显着自己的存在。公元394年,前秦覆亡,曾追随苻坚的领军将军杨定回到陇南,重召旧部建立后仇池国(西晋杨茂搜曾割据陇南,史称前仇池国),自称仇池王。

公元429年,第五任仇池王杨难当大刀阔斧治理内政,并训练出一支强悍的白马氐军,先后击败西秦叛军,驱逐夏国赫连定部,占领上邽(天水)。接着趁南朝宋益州动乱,率军袭击梁州,攻占关城(阳平关)、葭萌(昭化),一度占据汉中。鼎盛时期的仇池国南起今四川广元,北至甘肃天水,西至青川、平武,东达汉中、成固,几乎控制了整个嘉陵江上游地区。

古代氐人历史演进到此时,仇池国实力达到鼎盛,成为北魏和南朝争相拉拢的对象。而杨难当生性诡诈,见风使舵,在南北之间反复上演效忠与背叛活剧。北魏学者郦道元对其似乎也没有好印象，只在书里记下了杨难当一个颇为狼狈的细节——"元嘉十九年（442年），宋太祖（即宋文帝）遣龙骧将军裴方明伐杨难当。难当将妻子北奔，安西参军鲁尚期追出塞峡，即是峡矣"（《水经注》卷二十）。

这句"春秋笔法"般的文字过于简洁，稍加补充可以看到一个完整的故事：杨难当遭遇强敌进攻，打败仗后，丢下自己的军队，只带了老婆、儿子向北边逃跑。而敌军并没有轻易放过他，一直追到塞峡。这之后，他打的败仗越来越多。

公元464年，杨难当去世，北魏追赠谥号曰"忠"。由于此地富庶，南北朝对嘉陵江流域氐羌地区的争夺和拉拢，继续激烈地进行。

历史上的白马氐，曾以善于养马而知名，但他们却不是游牧民族，而是以农耕为生，正如尚婆川的鸟儿，"春来则种禾，秋去则种麦"。水稻和小麦是秦岭以南陕甘川地区的主要作物。《华阳国志》对武都郡的描述还有"出名马、牛、羊、漆、蜜"。

这年秋天，我从陇南武都乘大巴到天水，一路上几乎都在河谷间穿行，两岸绿油油的庄稼地，看着赏心悦目。除了《水经注》记载的禾与麦，现在还多了玉米、土豆、烟叶、药材的种植。嘉陵江上游两大支流西汉水和白龙江，收纳众多小河，在此形成水网。白龙江穿武都城而过，城市街道整洁有序，沿江绿地宽阔鲜活。加之天空清朗，蓝天白云，冬暖夏凉，气候宜人，"陇上江南"，名不虚传。

富庶之地，亦有危机。杨难当之后，仇池国陷入混乱，几乎一年一个国王。公元478年，杨难当的侄子、第十二任仇池王抛弃"仇池国"，在略阳城建立武兴国，传王六代。到公元553年，末位武兴王杨辟邪被西魏军斩杀，武兴国灭亡。

公元580年，氐人建立的阴平国（今甘肃文县至四川平武一带），被北周司马大将军杨坚消灭。阴平氐人四散逃离，融于各地人群，自上古延续下来的氐族在华夏大地消失。一年之后，杨坚建立隋朝，中国重归统一。

三、青竹江与嘉陵水

有必要说说青川。今日青川县亦曾为氐人仇池国、阴平国属地，杨难当的仇池国都城即在今青川县沙洲镇。而青川让多数国人所熟知，则是2008年"5·12"大地震。当年青川与汶川、北川同为重灾区，全县4821人遇难，15489人受伤，巨大灾难让整个中国揪心。青川也是嘉陵江流域重镇，白龙江从县境流过并接纳了青竹江、乔庄河等大水量支流。我到青川，去地震中心现场踏访也是目标之一。

"5·12"地震中，青川地震烈度最强的地方，是县西官庄镇东河口村。美丽的青竹江从村口流过，滋润着肥沃的土地，现在那里则是一个国家地震遗址公园。到此才知道当年的地震烈度有多大。"地质公园"建在东河口村原地，准确地说是建在被山崩岩石和泥土掩埋的村庄之上。地震瞬间爆发的巨大能量，把村庄倚靠的山体劈断，山崩地裂间岩石如炮弹般飞上天际，直接砸到青竹江对岸。地质专家测得的数据是：抛射距离1300米，掩埋深度46米，同时形成两个堰塞湖。东河口村4个社，包括一所小学，总共186户780余人掩埋地下，不少家庭无一幸免。

与此同时，青川县城也遭遇了灭顶之灾。县城所在的乔庄镇房屋几乎全毁，以致灾后重建时，完全放弃、易地重建亦为规划选项之一。不过青川人最终还是选择了就地重建。

让我没想到的是，今日青川县城除了沿河大街的"感恩奋进墙""感恩桥"等纪念性设施外，几乎看不到一点地震灾难的痕迹。青川甚至没有普通农业县常见的陈旧、拥挤、喧闹，而是一座山青水绿、宽阔整洁、布局大气、现代感十足的城市。是什么力量让青川在废墟中重新站立，快速回归发展之路？

从县南竹园镇溯青竹江到县城乔庄，再沿广（元）武（都）高速公路，到县西清溪古镇和阴平村，一路除了有感于全国尤其是浙江省的无私支援，以及青川人团结一心重建家园外，更为青川的悠久历史所震撼。

乔庄镇郝家坪战国墓葬群出土的一件木牍，记载了公元前309年冬，秦武王对丞相和内史下达的一条指令。内容是对此前的《田律》进行修改，对土地丈量标准、道路和桥梁维护作出具体规定，并明确地方官吏的责任。该木牍不仅为先秦的土地制度提供了考古样本，也把青川与陕西关中的联系直接推进到2300多年以前。博物馆的各类收藏表明，青川也是古代氐羌人生活的中心地区，古老的羌族文化和刺绣技艺传承至今。

与氐人的大起大落、最终消失不同,同处氐羌之地的羌人,在南北朝时期似乎低调平和得多。在氐杨家族以仇池国、武兴国、阴平国割据陇南、川北、陕西南时,羌人几乎没有什么故事。或许恰恰因为这样,羌人在此间顽强地生存下来。在我走过的嘉陵江上游沿线各地,羌族文化特色出人意料地鲜明。

凤县城区凤凰湖畔有羌文化一条街,夜晚时分,年轻男女穿着羌族服饰逛街、参加娱乐活动成为一种时尚。略阳县建有国家级羌族文化生态保护实验区,嘉陵江边古老的江神庙一直是陕甘羌族追忆古代羌民业绩,传承羌族文化的重要场所。而与略阳紧邻的宁强县,其县名即来自羌人。

《宁强县志》记载,宁强在商周时即为氐羌所居地。明成化二十一年(1485年),设宁羌州。民国二年(1913年)改宁羌州为宁羌县。民国三十一年(1942年),根据于右任的提议,改宁羌县为宁强县。

这年夏天到宁强采风,县城里首先吸引我的,是满街的旅游招贴画,标题很鲜明——"汉江之源,羌族故里"。到此才知道,华夏羌人自上古时代到21世纪,其实一直没有离开自己的根。即使因战乱被迫迁徙,羌族民众也沿袭了世代相承的传统,逐水而居,与邻为伴。这个水,即岷江和嘉陵江,这个邻,就是中国西南各民族。

氐人和羌人族群命运的不同走向,其中的历史逻辑是什么,也为嘉陵江文化研究增加了一个令人着迷的课题。

陕西宁强县官方图标

让我们再回到《水经注》来。

《水经注》讲到嘉陵江上游河流，就像传统说书人，常常是"花开两朵，各表一枝"。又像一个结构主义小说家，多条线索齐头并进，有时难免概念重叠，互相渗透，读起来很费劲。但通过实地踏访对照阅读，却也增添了不少探索的乐趣。譬如故道水，在凤县、两当、徽县，各自河段尽管都有不同的称谓，如东峪河、两当水、尚婆川等，但主脉却是明确的，都可称为故道水。进入略阳则不同了，"汉水"和"嘉陵水"成了主角。原因无他，嘉陵江流经略阳时，纳入多条大水量支流，故道水之名亦在此结束，之后即由"汉水"担任了嘉陵江的主流叙事。其演变脉络大略如下：

建安水又东北，迳塞峡……其水出峡西北流，注汉水。

汉水又南入嘉陵道，而为嘉陵水。

汉水又东，迳武兴城南，又东南与北谷水合。

——《水经注》卷二十

这里有几个关键词：建安水、塞峡、嘉陵道、嘉陵水、武兴城。弄清楚地名和水名的位置，嘉陵江上游名称的演变脉络就一目了然了。

建安水，在《水经注》的全称为建安川水。甘肃省《西和县志》记载，建安水发源于西和县河口乡铁古坪，向西南流到礼县蒙张村注入西汉水。塞峡，也在西和县，今名大湾峡。前述杨难当打败仗"将妻子北奔"的故事，就发生在这个峡谷里。而杨难当称王的"仇池国"名称，亦得自西和县境之仇池山。仇池山现为陇南名胜，相传为华夏人文始祖伏羲的故乡。《太平寰宇记》对仇池山亦有介绍："山上有池似覆堂，有瀑布望之如舒布。"

这里的古今差异在于，《水经注》说的是建安川水经塞峡流注于"汉水"，在此之前，该书曾指出"嶓冢导漾，东流为汉"的"漾水"为西汉水的源头。而在今天，从天水齐寿山（嶓冢山）发源，经甘肃礼县、西和县、康县、成县，在陕西略阳县汇入嘉陵江的整条河，都叫西汉水。即是说《水经注》是把"嶓冢导漾，东流为汉"的那个"汉"分成两段来叙述的，源头地区称为西汉水，之后才叫了汉水。

我到略阳实地踏访西汉水终点，从县城沿嘉陵江上行，经徐家坪到桑树梁，看到了西汉水与嘉陵江两江汇景观。当地乡民习惯把西汉水叫作西河，一座钢混结构大桥横跨西河河口，而大桥碑记仍以中国地图上的正式名称，标注为西汉水大桥。大桥建成于2003年，全长127米，桥面宽8米，造型颇具现代感。桥下江水也很奇妙，呈三种颜色，西河水较浑浊为褐黄色，嘉陵江更清澈为深绿色，两江汇流的浅水部分为浅绿色。三条水纹线因无行船干扰，十分明显，让我想起重庆夏季的朝天门，长江与嘉陵江两江汇一红一绿的奇特景观。秦岭山区的嘉陵江与川江原来也如此相似，真是山水相连，同一血脉。

我所看到的秋季西汉水，水量与嘉陵江正流相当，实为嘉陵江水量的重要贡献者。如果是洪水季节，流量可能还大于嘉陵江。因此才有郦道元《水经注》将其作为嘉陵江正流介绍的断语："嶓冢导漾，东流为汉。"此所言之"汉"，即由漾水、西汉水、汉水串连起来的嘉陵江。

《水经注》接着一段描述，"汉水又南入嘉陵道，而为嘉陵水"，则为嘉陵江得名的争论提供了一个选项。在此之前，"嘉陵"二字只在《华阳国志·汉中志》里出现过一次，但不是指河流，而是武都郡下的嘉陵县。这是我所知"嘉陵"这个美丽的名词，出现在史籍中的最早记录。

魏晋南北朝时期的道与县相当，譬如《水经注》叙述过的阴平道，唐代《括地志》注释"县有蛮夷曰道"，相当于现在的"民族自治县"。但南北朝时期，并没有一个名为"嘉陵道"的县，后来也没有。如果郦道元所说的"嘉陵道"不是指的县，那么可能即是指道路，如褒斜道、金牛道、陈仓道、故道之类。

距《水经注》成书时间最近的唐代地理志《元和郡县图志》，在介绍兴州所属县时三次记载了"嘉陵水"，并对其地理位置作出了描述：

嘉陵水，经（顺政）县南，去县百步。
嘉陵水，去（长举）县南十里。

> 杨君神祠，在（顺政）县西南二里嘉陵水南。山上即杨难当神也，土人祠之。
>
> ——《元和郡县图志》卷二十二《兴州》

唐代兴州顺政县，同时也是州府所在地，即今陕西略阳，古名武兴。《元和郡县图志》载，南北朝时期杨难当侄子杨文弘建立"武兴国"，即以此地为国都。公元553年西魏改武兴为兴州，隋代为顺政郡。唐武德元年（618年）复置兴州，"州城，即古武兴城也"。

长举县（元朝裁撤并入略阳）在兴州北部，今略阳县西北与甘肃徽县东南一带。顺政和长举两个地方都在嘉陵江边，亦即古代的故道川。即是说，在故道水进入兴州后，《水经注》接着即按先前叙述的惯例，将兴州段故道水叫作了嘉陵水。这也是尊重当地百姓习惯的一种表示。

至于杨君神祠"在县西南二里嘉陵水南"的记载，则进一步确认了"嘉陵水"一名在略阳县境内被人们普遍认可的事实。杨君神就是前已述及的仇池王杨难当，统治氐羌地三十余年，杨君神祠也是一段历史的见证。

四、药崖峡与郙阁颂

略阳为嘉陵江保留下来的古代文化遗产，除了代表氐羌文化的杨君神祠、江神庙，出现更早也更著名的，是被誉为"汉碑三颂"之一的《郙阁颂》。

郙阁,本为故道武都析里段(今略阳)临江高崖一处驿站类的行人歇脚亭阁,下有小溪通汉水(嘉陵江)。春夏季节小溪涨水,栈道毁坏,商旅行人受阻。东汉建宁五年(172年),时任武都郡守李翕派衡官掾(汉代管理山林水道的地方官职)仇审率众修治栈道,建析里桥以利行人。当地百姓感念其功德,在析里崖壁刻石记其事,题为"汉武都太守李翕析里桥郙阁颂",简称《郙阁颂》。

《郙阁颂》不仅为中国文字发展史保存下一件汉隶精品,也为嘉陵江流域历史文化传承作出了难能可贵的考古学贡献。开篇所记"惟斯析里,处汉之右",确证了公元2世纪嘉陵江的称谓就是"汉"或"汉水"。同时把地名"析里"的方位也作了准确记载。"处汉之右"是按河水顺流方向确定的,汉水右岸即嘉陵江西岸,正符合该刻石本来位置。现收藏此石刻的灵岩寺,在嘉陵江东岸药崖峡。《郙阁颂》同时把汉代职官制度、武都官

《郙阁颂》汉隶拓本"惟斯析里,处汉之右"(略阳县灵岩寺)

员作为、民间社会生活，以及汉代官民行文惯例等都作了准确记录，让今人对这条母亲河有了更加清晰的认识。

在郦道元所处的南北朝及至后来，人们对嘉陵江的认知仍是不断变化的，嘉陵江上、中、下游各段亦有不同的称谓。直到公元8世纪，"嘉陵江"一词才正式出现在《元和郡县图志》《长安志》等唐代典籍里。

北宋以后，随着嘉陵江航道不断开发，"嘉陵江源"的概念也逐渐为人们所熟悉，并以西汉水注入古嘉陵水，沿故道水向东北方向的自然延伸，把大散关和代王山嘉陵谷推介给世人。"大散关，地势隘险，西南有嘉陵谷，即嘉陵江所出。"（北宋《元丰九城志》）

我所见最早标示"嘉陵江"名称和"嘉陵江源"的古代地图，是北宋《九域守令图》、明嘉靖《杨子器跋舆地图》，其选择的地点正是古凤州秦岭南麓大散关一侧。而地图上一些早已为人熟知的地名——两当、徽（县）、仇池、成（县）、兴州、宁羌（今宁强）等，正是古代氐羌之地。

这两幅分别绘制于900年前和500年前的地图，着实让我惊讶不已。其准确的方位描述形成的嘉陵江流域图景，与我踏访所得实际印象非常接近。不能不由衷赞赏古代学人深入实地踏勘的吃苦耐劳精神，更钦佩他们超越时代技术限制的空间感和全局视野。这两幅地图告诉我们，唐宋时期，以故道水为发源地的嘉陵江概念已经形成，而最迟到明代，秦岭凤州嘉陵谷为"嘉陵江源"已经被人们，包括官方广泛认可。

2011年10月22日，长江水利委员会发布《汉江、嘉陵

北宋《九域守令图》中的嘉陵江标出了秦岭源头位置,尽管其时"嘉陵江源"概念尚未出现

江河源考证座谈会纪要》,以"充分考虑历史传承约定俗成的原则,同时兼顾历史与现实的衔接,准确量算河长、流域

明嘉靖《杨子器跋舆地图》标示的嘉陵江源

面积等河流天然特征值"等综合因素得出结论：

陕西省宝鸡市凤县代王山东峪沟为嘉陵江正源。

卷五 川峡煌煌

> 汉水又迳晋寿城西,而南合汉寿水……又东南至葭萌县东北,与羌水合。
>
> ——《水经注》卷二十

一、葭萌城与桔柏渡

嘉陵江以漾水、西汉水、故道水、两当水、嘉陵水的奇幻身份，百折千回地走过故道川和氐羌地，出灵官峡、尚婆川、月亮峡、药崖峡等秦岭南坡一众峡谷，最后以雷霆万钧之势冲出朝天峡和明月峡，终于来到川北这片以丰饶、富庶著称的开阔土地。最终以《水经注》确认的一个炫目名称现身于世，就是"汉水"，今名嘉陵江。

的确，在《水经注》里，对于秦岭以南流域最广的这条河，进入蜀地之后，便以"汉水"之名向南而行，最后在江州（今重庆）汇入长江。直到200年后，一个更加美丽的河流名称——嘉陵江，与"汉水"展开了争夺，并逐渐取而代之。

作为结束魏晋南北朝分裂时代，登上新历史舞台的代表，承继了隋朝开局的李唐王朝，在诸多领域都有重振秦汉雄风，一统天下的气魄。"嘉陵江"一名正是在这个朝代，正式出现在各类典籍、诗词、传记里的。而各类典籍、诗词、传记中记述嘉陵江最集中之地，便是今川北广元，唐代名为利州。

历史上为古利州代言的最著名人物，也出现在唐代。他们是天后武则天、玄宗李隆基。而在武则天和唐玄宗之前，利州则以苴国和西益州之名，深深地镌刻在秦岭与嘉陵江的历史档案里。

苴国的历史不长，晋《华阳国志》记载了其始终，前文《秦岭鸿蒙》已有讲述，在此只简言其名称演变：先秦蜀王封其弟葭萌为苴侯，立苴国，封地即名葭萌。秦灭巴、蜀，葭萌地亦纳入秦国版图，为汉中郡葭萌县。汉至南北朝，葭萌先后名汉寿县、晋寿县、平兴县、白水县。公元554年，西魏袭取西益州，更地名为利州，以彰显"胜利"。

《水经注》所说汉寿水，源于今广元市旺苍县李家骡河，在利州区注入嘉陵江的南河。接下来，嘉陵江便迎来了整个流域水量最大、流程最长的支流——古名白水的白龙江。

白龙江发源于四川若尔盖与甘肃碌曲交界的岷山北麓，经甘肃迭部、舟曲、宕昌、武都、文县，四川青川、广元利州区，最后在昭化古城汇入嘉陵江。

从源头至昭化入嘉陵江，白龙江河道全长500多公里。《水经注》记录的白龙江支流竟达12条之多：黑水、洛和水、夷水、安昌水、东维水、白马水、偃溪水、羌水、雍川水、空冷水、西谷水、清水。

无独有偶，《水经注》记录的白水途经城池也有12座。分别是黑水城、洛和城、邓至城、夷祝城、维城、阴平城、偃城、郭公城、白水郡城、武兴城、吐费城、葭萌城。

时至今日，已很难想象当年那么多城池集中于白水两岸，是怎样一番热闹景象。如今那12座城池绝大多数已消失或更名，要找到遗址都得费点劲。幸运的是，还有一个城名一直保留到今天，这就是葭萌。

如前所述，先秦苴国的葭萌地几经变迁，到唐代又得到恢复，为利州葭萌县。元至元十四年（1277年），以"大哉乾元、广我元路"之意，改利州为广元府，同时撤葭萌县并入昭化县。

今日昭化保留了古葭萌城大部分地面文物，包括古城门、城墙、县衙署、县文庙、考棚、石板街等古建筑。此外还保存下葭萌驿、葭萌亭、葭萌坊，以及苴侯街、吐费街等古葭萌城众多历史印痕，丰富了城市文化底蕴。葭萌实际是利州的母城，没有先秦葭萌就没有唐代利州，也就没有今日广元。

昭化古城最精彩的，还要数城外一个使用了上千年的嘉陵江码头，古称桔柏渡，现名亦为桔柏渡！

桔柏渡原本是一处普通的泊船码头，在公路取代水运之前，交通功能显著，热闹繁华。如今则归于废弃，也没有做旅游标识。我雇请了一位当地村民帮忙寻找。村民姓李，年轻时打工学了水电安装技术，后因右腿膝关节半月板损伤，回村买三轮车代步，兼为古城商家做维修服务。听我说起要踏访桔柏渡，老李热情地驾驶他的三轮车送我。

出古城东门，走机耕道去白龙江入嘉口，一路颠簸。路虽不好，风景却佳，河滩满是芦苇，花紫花黄。老李兴致也高，为我指认桔柏渡码头。嘉陵江一侧下方，条石铺的石阶仍在，只是已没了船只靠泊。早前桔柏渡为船帮码头，老李少时所见多为木帆船，下行撑篙，上水拉纤。后来渡口变成轮渡码头，热闹依旧，三、六、九赶场，人来人往，吆喝不断。开通公路后，码头做了物资交易市场，繁华热闹还持续了好久，直到十年前才归于寂寞。

的确,他说的就是"寂寞"。老李有文化,见过大世面,说话很有条理,还随口背出两句古诗:"桔柏古时渡,江流今宛然。"

这诗我听着耳熟,回想起来,是明代蜀中才子杨慎所写五言律诗,标题就叫《桔柏渡》:

> 桔柏古时渡,江流今宛然。
> 名存巴国志,诗有杜陵篇。
> 鸬鹚冲烟散,鼍鼈抱日眠。
> 分留馀物色,朗咏惜高贤。

杨慎提到的"诗有杜陵篇",是指杜甫亦曾在昭化留下《桔柏渡》诗,其中两句写到桔柏渡水域的自然景观:"急流鸬鹚散,绝岸鼋鼍骄。"杜甫、杨慎诗都写到了鼋鼍,实际它们是两种大型水生动物:巨鳖和鳄鱼。由此想到古时嘉陵江上游生态,着实令人惊叹。

桔柏渡往上即白龙江入嘉口,两江汇合后,嘉陵江已然壮阔为一条大河,并由此开启了她的中游行程。不过,要一览白龙江与嘉陵江相汇之气魄,最好的去处是昭化古城所倚之牛头山天雄关。

天雄关为古蜀道重要关隘,是兵家必争之地。《三国演义》描写的"张飞夜战马超"故事即发生于此。我便是冲着这个故事去的。

蜀汉平西将军马超印（清道光冯云鹏《金石索》）

当年刘备入川后尚未站稳脚跟，张鲁兵犯葭萌，刘璋联合刘备夹击张鲁，二刘之间也有战事，三方在此缠斗一年有余。最后结局是张鲁、刘璋双双失利，刘备成为最大赢家，并从张鲁手下收服一员骁勇战将马超，成为蜀汉倚重的平西将军。地方志对此的记载是："张鲁又令马超取葭萌关，超与张飞屡战不胜。孔明使李恢说超，超降刘备。"（清乾隆《广元县志》卷八《兵事》）

二、天雄关与皇泽寺

天雄关山高路陡，游人不多。但昭化古城到剑门关有旅游专线班车，沿线都是风景，天雄关即在其中。上山之路多处竖有"古金牛道"标示牌，石板铺砌的古道仍在使用，为村民所走捷径。昭剑公路从天雄关下方经过，在此设了招呼站，从三岔路口折进去，沿小路上行约一公里便看到了天雄关。

关城据山头而立，位置险要，视野开阔，俯瞰两江，控

广元昭化天雄关

扼昭化古城及古蜀道。在此还可远眺广元城,俯瞰白龙江水电站以及那个承载了众多古今故事的桔柏渡,正如清道光《昭化县志》对"天雄关"名称的解释——"关之地势雄险而又扼控蜀道要冲,峰连玉垒,地接锦城,襟剑阁,踞嘉陵,诚天设之雄也"。

天雄关古关城仍有部分遗迹,石板大道、石砌城墙满目沧桑。"天雄关"石碑原有清代题款,字迹残损太过无法辨认。旁有一碑,刻字可辨,"蜀道 光绪十七季正月",显示立碑时间为清末1891年初春。关城为一平台,建有道教"天雄观"。道观兼为小卖部,供应饮料、饼干之类。一位女士居于此,既服务游客,亦看管关城古迹,类似文物保护志愿者。

与她攀谈,问怎么独自一人在此看护关城和道观,是出家道姑吗？得到的却是一个意外回答："不是，我是居士，家在昭化城里，开了一家小店，就是前店后家那种。这关上原有观音庙，名甘露寺。小时候生病，父亲背我来这里拜过观音，就有印象了，喜欢这山。后来观音庙在'5·12'大地震时倒塌了，再后来建了天雄观，供奉对象既有武圣关羽，也有观音菩萨。我就又来山上了，也不长期居住，跟其他居士轮流来此清修，做志愿服务。我们也不分佛教道教，就是喜欢这里。人总要做自己喜欢的，让自己心安的事，您说对不对？"

女居士的文化视野很开阔，说起家乡来如数家珍，诸如千佛崖、皇泽寺等等。"那是我们广元的宝，都跟武则天有关，武则天的老家就在广元。武则天也奉佛，很早就捐了她的妆奁钱在千佛崖刻了菩萨和观音像。广元的女儿节也是纪念武则天的，正月二十三，女儿游河湾。那天是武则天的生日，很热闹，广元有划龙船比赛，我们这里也有巡游表演。"

女居士此言不虚。前些年我在广元市博物馆参观，看见历史文物陈列的主题便是"剑门蜀道，女皇故里"。2007年广元女儿节作为一方民俗，列入四川省非物质文化遗产项目名录。我好奇的是，这样一个民间节日，能在这方土地传承上千年，其内在的根源是什么？

唐武德七年（624年）正月的一天，在长安享有盛名的玄学大师袁天罡，经过长途跋涉来到山南道利州北面的朝天关。在关城眺望利州城，忽见城北一带有不凡之气腾空而起，把天边映得一派辉煌。袁天罡判断此"王气"应出自不凡人家，随即循踪而去，径直走进利州都督府，见到了主家。

主家武士彟，并州文水（今山西文水县）人，原为富商，曾资助唐高祖李渊反隋义军，成为唐朝开国功臣，先后拜光禄大夫，封应国公，任工部尚书、利州都督。袁天罡与武士彟在长安时就有交往，故而直闯都督府并无顾忌。知道武家这天刚生了孩子，便要看看这个婴儿。及至看到婴儿面相，袁天罡大胆预言，这孩子虽是女儿身，却有天子之相，以后当泽被天下，她的出生地利州更当受其恩泽。这个婴儿就是后来的女皇武则天。

此故事在清乾隆《广元县志》有完整记载，当然这只是个传说，多半是在武则天当上皇后及登基为武周皇帝之后编出来的，却也折射了唐代的某种观念性现实。袁天罡可以预言武则天要当天子，其他人也可以编出更多的神话。唐代诗人李商隐在《利州江潭作》诗注文里，记载了武则天类似于伏羲、佛陀和耶稣的出生传奇——"感孕金轮，乃武则天事也……盖后母感溉龙而有孕也。"（明曹学佺《蜀中名胜记》卷二十四）意思是说武则天是她母亲在河水里受孕于一条手持金轮的龙而生的。

不过，利州百姓对这位古代乡亲的崇敬和喜爱则毫无虚饰，非常实在。原因在于这位天后虽只是童年在利州生活了八年，却给当地留下无与伦比的精神文化财富。唐代武则天在当地的传说，多数都有对应的历史遗迹：

> 古迹：天后故宅，在县北一里报恩寺，又有梳

洗楼，在县西北渡江二里。

寺观：皇泽寺，县西一里，江西崖，寺内有武则天石像，像是一比丘尼。

——清乾隆《广元县志》

根据上述记载，可以对1400多年前，武则天在其出生地利州的生活轨迹梳理出一条清晰的线索。直到《广元县志》编成的清乾隆二十二年（1757年），广元民间一直记得武则天出生之地——县城北一里嘉陵江西岸，地名报恩寺。该地所在的则天乡被列为县内第一乡，以示百姓对这位女皇的尊重。位于当年县城西一里嘉陵江崖岸的皇泽寺，也是武则天下诏修复并赐名的，现在已是城内规模最大的佛教寺庙。

皇泽寺位于嘉陵江西岸，依山而立，层层提升，直至山顶的则天殿，俯瞰嘉陵江与广元城，视野开阔，十分壮观。与北方平原地区佛教寺庙大多以供奉佛菩萨的大殿建筑为中心不同，皇泽寺的核心是艺术精美的摩崖石刻造像。所有木构建筑的主要功能就是保护那些摩崖造像。

北魏后期至唐中期约300年间，皇泽寺所依乌龙山（亦名西山），先后开凿石窟57窟，造像1200余尊。相传武则天生母杨氏亦在此捐资开窟造像，武则天登基称帝后，颁诏赐名皇泽寺，以示皇恩浩荡，泽被乡里，对自己的出生地报以恩典。这在中国数以万计的佛教寺庙里也是罕见的。

今日皇泽寺保存下来的主要龛窟，有北魏中心柱窟造

像、隋唐五佛亭造像、盛唐大佛窟造像等。大佛窟为全寺摩崖造像精华所在，石窟与佛像保存完好。所塑阿弥陀佛与迦叶、阿难二弟

皇泽寺12窟《还愿图》线描（广元市博物馆）

子，大势至、观音二菩萨，五主像周围的力士、天王等，皆为精品。整个洞窟依《阿弥陀经》描绘的西天大法会场景布局，层次清晰，造像庄严，厚重沧桑，大唐气象穿透千年迷雾再现眼前。

皇泽寺则天殿保护的一尊唐代中期石刻造像，打破常规不再以佛菩萨或大唐皇帝为主要表现对象，而是改为已经归政于李唐王朝，一心奉佛的老年武则天。此时的武则天已然褪去了朝纲独断、杀伐无情的"武皇"形象，而是一个头戴宝冠、胸饰璎珞、结跏趺坐、安静慈祥的老太太。这尊以整块岩石雕刻的"武则天真容"石像，也是中国唯一保存至今的武则天老年雕像。其在故乡利州保存上千年的逻辑必然性是什么？在殿内所存后蜀广政二十二年（959年）所刻广政碑上，或可找到蛛丝马迹。其称天后神灵一直保佑着这方土地，"其间以水旱灾弥之事，为军民祈祷于天后之庙者，无

101

不响应未酬……为遗民求其景福，有以见示"（《皇泽寺唐则天皇后武氏新庙记》）。

三、古蜀道与千佛崖

千佛崖摩崖石刻群位于广元市区以北，嘉陵江东岸距江面约百米的崖壁之上，始凿于北魏，兴盛于唐宋，持续到明清，形成长近400米，高45米，共950龛窟7000余尊佛、菩萨、罗汉、僧人等佛教造像，规模堪比洛阳龙门石窟。

千佛崖与城里的皇泽寺，于嘉陵江上下相承，隔江对望，护卫着广元城。这两处古代摩崖石刻保留至今，也使广元这座国家历史文化名城和川北重镇的地位异常突出。

千佛崖在嘉陵江历史上的重要地位，还在于其本身就是古蜀道之金牛道一个重要节点。史籍记载的金牛道可考历史，自三国时期至清末民初，这条古道上的行人车马不绝于途。

嘉陵江古蜀道千佛崖一角

古道历代都有维护修缮，直到民国二十四年（1935年）修筑川陕公路，古蜀道的交通功能被汽车运输替代，千佛崖段金牛道亦大部毁弃。

值得欣慰的是，新中国修建的宝成铁路、新川陕公路及高速公路，以隧道方式刻意绕过了千佛崖。保护下来的古蜀道遗迹，向今人无声地讲述着千年来的历史故事，成为世界文化遗产预备名单"中国古蜀道"的实物依据之一。我去千佛崖景区，在尚未看见佛菩萨尊容之前，先踏上了由石板路、石栏桥、石栈孔等组成的古金牛道遗址，立刻感受到千年古风扑面而至。让我意外的是，此段石板古道竟然那么宽，足以容两辆马车并排通行。千佛崖与早已闻名于世的剑门关、翠云廊一道，非常有力地证明着，古蜀道在此！

与敕令修复皇泽寺一样，女皇武则天对千佛崖摩崖造像亦有深刻影响。在千佛崖大云寺及众多佛菩萨的形像塑造中，皆能看到这位天后的印痕。

大云寺为千佛崖最早寺庙，创建于北魏后期，保存至今已近1500年，初名白堂寺。唐载初元年（690年）正月，大唐王朝迎来一个历史性的转折。以皇太后加尊圣母神皇掌握朝政已久的武则天，为自己专造一字"曌"为名，日月当空，普照大地，至高无上的神皇大帝，准备废止唐朝国号，自己登上帝位。当年七月，十名高僧手捧一部经过特别修改的《大云经》，上表朝廷称，根据《大云经》中记载的佛祖预言，华夏大地将有"女身当王国土"，即当今的圣母神皇应受天命为皇帝。据此，武则天"制颁于天下，令诸州各置大云寺，总度僧千人……九月九日壬午，革唐命，改国号为周"（《旧唐书》卷六《则天皇后本纪》）。

即是说，唐代出现在各地的"大云寺"及其尊奉的《大云经》，实则是武则天实现个人抱负，成为中国历史上唯一女皇帝的政治产物。广元千佛崖白堂寺更名大云寺，也是这一历史事件的实物见证。

除了大云寺古建筑，还有景区最大石窟大云古洞，也承载着此等历史事件记忆。该石窟于唐开元三年至十年间（715—722年），由时任剑南道益州大都督府长史韦抗主持开凿。龛窟内雕刻有阿弥陀佛与菩萨、弟子、力士、天王等十三尊石像。主佛立身像位于洞窟中心，高2.38米，由脚下莲台和头上菩提树叶连接窟顶，使佛像顶天立地千年不倒。其余雕像除大势至菩萨和观音菩萨为坐姿外，迦叶、阿难两弟子及护法天王、力士等，则取站姿在主佛左右及身后，呈追随拱卫之势，布局严谨，气氛庄严，极富象征性。

与大云古洞体现武则天女皇权威一致的，还有莲花洞摩崖造像。窟内造三世佛，即阿弥陀佛、释迦佛、弥勒佛，其中弥勒佛居正中。造像布局恰与《阿弥陀经》描绘的西天大法会场景一致。这样的大法会，也曾在长安模拟出现过。

唐武周万岁通天元年（696年），女皇武则天诏请高僧法藏到长安太原寺，宣讲《华严经》宗旨。史籍记载这次讲法有听众上万人，盛况空前，"都讲奏其事。则天有旨，命京城十大德为授满分戒，赐号贤首戒师"（南宋志磐《佛祖统纪》卷二十七）。

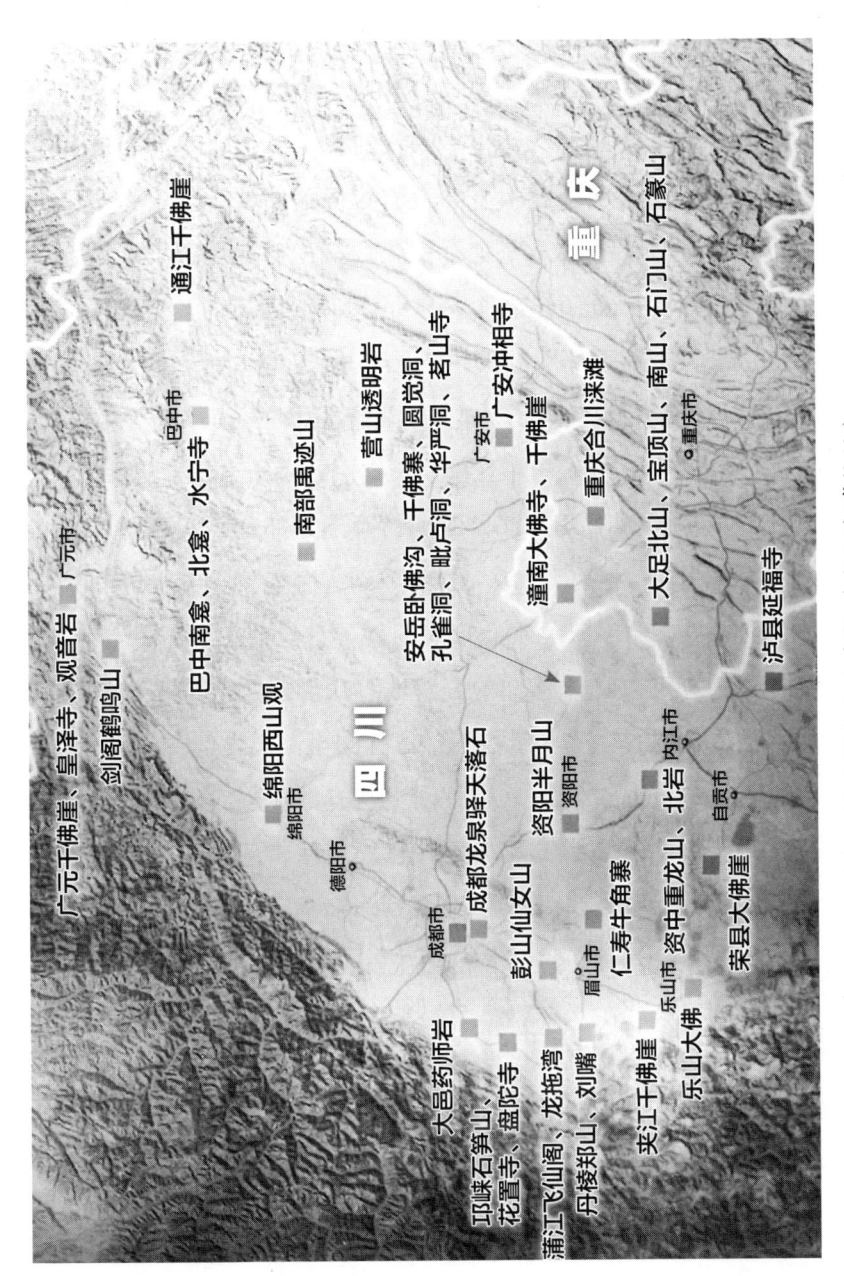

川渝地区石窟艺术分布图（广元市博物馆）

其后，武则天请法藏来长生殿为自己讲解佛经义理。法藏指着宫殿里一尊金狮子雕像打比喻，将《华严经》要义作了形象解释。法藏说，宫里本来没有狮子，但宫里有金子，也有金匠。金子和金匠本身并没有狮子的属性。皇上令金匠用金子做一只狮子，金匠把金子雕成狮子形象，金子就增加了狮子的属性。金子还有个特性是永不生锈，皇上于是便拥有了这只"金性不坏"的狮子，无与伦比。

而长生殿这只"狮子"本质上并不是真的，而是一种"虚相"，叫作"似有"。皇上和金匠心中的狮子虽是"虚相"，但其形象却来源于真实世界的动物狮子，那是"实相"，心中的狮子便叫"情有"。从"实相"到"情有"，再到"虚相"和"似有"，原本只是观念形态的狮子，与金性不坏的融合，便有了这尊可以具体感知的金狮子。用佛经之语来说，这尊金狮子就是具有"法界缘起""法性圆融"属性的"真狮子"了。要认清世间事物，只有打破空与有、虚与实的界限，从现象中认识隐藏其中，看似不存在的佛性，从而不再执着于事物表象，人才能获得解脱，消除烦恼，正所谓"万象纷然，参而不杂。一切即一，皆同无性；一即一切，因果历然。力用相收，卷舒自在"（唐法藏《华严金狮子章》）。

法藏这样讲过，"则天豁然领解，乃著其说为《金狮子章》"（《佛祖统纪》卷二十七）。

武则天让法藏把在长生殿的解说写成讲义，并亲赐篇名，这便是中国哲学史上佛教经论名篇《华严金狮子章》的由来。

唐代是佛教这一外来宗教实现中国化改造的完成时期。

武则天也是这一进程的重要推手之一。而利州则以女皇故乡，及与长安和中原接近的地利之便，得风气之先，并以皇泽寺和千佛崖为中心，将中国佛教向四周扩散。巴蜀地区，尤其是嘉陵江流域皆受其影响。唐宋时期，融入了更多巴蜀民间艺术思维的佛教摩崖造像大量出现，蔚为壮观。

四、朝天峡与朝天驿

还有一位大唐皇帝与巴蜀渊源深厚，并为嘉陵江留下一段公案。他就是武则天的孙子唐玄宗李隆基。

李隆基是唐朝在位时间最长的一位皇帝，自公元712年登基，至756年退位为太上皇，在位44年，经历诸多大事。安史之乱在其任内发生，标志大唐由盛而衰，也让这位"明皇"破天荒地逃离宫廷，旅居外地一年又四个月。这里的问题是，大唐国土宽广，很多地方都可以为避难提供居处，皇帝为何偏偏选择益州（今四川成都），并与嘉陵江结缘？

其实在此之前，玄宗皇帝就对秦岭之南的这片山水产生了兴趣。中国方志名典《长安志》载：唐天宝年间（742—756年）的一天，玄宗在兴庆宫大同殿，看到已故大将军李思训留在殿壁上的一幅大型山水画，"忽思蜀中嘉陵江山水，遂假吴生驿递，令往写呈"。

这里提到的李思训、吴生，都是盛唐时期书画名家。李思训出身李唐宗室，曾任益州都督府长史，相当于军区参谋长，最后军职为朝廷羽林卫大将军。他同时也是一位受人推崇的画家，其画风被称为"李将军山水"。吴生即吴道子，他的画艺被誉为"神品第一"。

李思训逝于开元六年（718年），其生前费时三月完成的大同殿壁画，勾起了玄宗皇帝对嘉陵江山水的遐思。玄宗皇帝便想让此时画风正劲的吴道子也画画嘉陵江。为方便画家实地考察，玄宗特地诏令各地驿站安排马车，接待食宿，可谓关心备至。

吴道子完成采风回到长安向皇帝交差。玄宗见他两手空空，没带任何写生画稿，便问怎么回事。吴道子回答说，我不用那些东西，都看在眼里，记在心上了。玄宗见他成竹在胸，不再多问，让他就以大同殿墙壁作画，"嘉陵江三百里山水，一日而毕"。玄宗很惊讶，说："李思训数月之功，吴道玄

唐李昭道《明皇幸蜀图》（凤县博物馆摹本）

一日之迹,皆极其妙也!"(北宋宋敏求《长安志》卷八)

这段典籍记载留下的悬念是,嘉陵江全长1345公里,合2690里,吴道子为何只画了300里?而唐玄宗也心照不宣地接受那九分之一?如果绘画内容是君臣二人事先商定的,那么这300里嘉陵江画的是哪一段?上游、中游还是下游?我去嘉陵江沿线采风,踏访陕西、甘肃、四川多地,不少城市都宣称吴道子所画为他们那一段,因为自己所居嘉陵江段风景最为独特。这样的争议或会持续很久。

由于战乱,唐代兴庆宫大同殿壁画没能保存下来。无论是李思训的嘉陵江,还是吴道子的300里,今人都只有想象的份儿。幸运的是,有一件题为《明皇幸蜀图》的唐代绘画,或能为我们提供点依据,拓展一些想象空间。

《明皇幸蜀图》为彩色绢本绘画,高56厘米,宽81厘米,现藏台北故宫博物院。画面以夸张的峡谷山水为背景,山下水边描绘了众多人物。右下方穿红衣乘黑马正欲过桥者,据称就是唐玄宗李隆基。

而该画作者李昭道正是大将军李思训之子,也在朝廷做过官,世称"小李将军"。这件国宝级书画珍品是如何画成的,具体取材于巴蜀何地?典籍没有记载,今日读者亦只能想象。

我能猜想的是,李昭道也曾生活于开元天宝年间,正值大唐盛世,社会风气开放包容。加之其父李思训曾为朝廷重臣,李昭道极有可能进过兴庆宫,亲眼见识甚至临摹过大同殿那两幅嘉陵山水图。进而可知《明皇幸蜀图》对山水、人物的描绘,也有真实的生活来源。因为李昭道本人也是李唐宗室成员，亲历过安史之乱，很可能还随皇家逃难队伍沿嘉陵江故道到过巴蜀地区。

如此，我们便可以随历史典籍的记载，与玄宗皇帝以及画家李昭道一同体验"明皇幸蜀"的全过程，实地体验一下1300年前，"嘉陵江三百里山水一日而毕"的奇妙景观：

天宝十五载（756年）春，正月乙卯……禄山僭号于东京。（安史之乱祸起）

六月甲午，将谋幸蜀，乃下诏亲征。（皇帝准备逃亡）

乙未……至咸阳望贤驿置顿。（第一站咸阳）

丙辰次马嵬驿，诸卫顿军不进……兵士围驿四合，乃诛杨国忠……上即命力士赐贵妃自尽。（遭遇兵变，杨国忠、杨贵妃兄妹被处死）

戊戌次扶风县，己亥次扶风郡……辛丑发扶风郡，是夕次陈仓，壬寅次散关。（进入古陈仓道）

丙午，河池郡，崔圆奏剑南岁稔民安，储供无阙，上大悦。（沿故道进入嘉陵江流域，凤州当地官民提供食宿，皇帝终于笑出来）

秋七月，癸丑朔，壬戌次益昌县，渡桔柏江，有双鱼夹舟而跃，议者以为龙。（在广元昭化嘉陵江桔柏渡遇"鱼龙欢迎"吉兆）

甲子次普安郡（今四川剑阁）……庚午次巴西郡（今四川绵阳）……庚辰车驾至蜀郡（今四

川成都）。

明年九月，郭子仪收复两京。（大唐将士挽狂澜于既倒，安史乱平）

十月丁卯，上皇发蜀郡……十二月丁未至京师，文武百僚、京城士庶夹道欢呼，靡不流涕……上皇谒庙请罪，遂幸兴庆宫。

——《旧唐书·玄宗本纪》

唐玄宗李隆基在蜀一年又四个月，其间太子李亨登基，改元至德，玄宗失帝位称太上皇。玄宗回到长安"谒庙请罪"，即向创建大唐基业的先祖认错。态度如何？从他逃难途中的几句诗可以看出个大概："灌木萦旗转，仙云拂马来。乘时方在德，嗟尔勒铭才。"（李隆基《幸蜀西至剑门》）他也知道自己已经德不配位了。

广元龙门山朝天峡，右为沿古栈道修建的川陕公路

玄宗返京三年六个月后于上元二年（761年）四月驾崩。大唐盛世以安史之乱和玄宗离世为标志提前结束。

典籍记载的"玄宗幸蜀"路线，大致可分为故道段和金牛道段。故道自陈仓经嘉陵江源头凤县，至广元朝天峡入川，在昭化桔柏渡登岸，恰是嘉陵江上游全段。玄宗所走金牛道，则从昭化经剑阁、绵阳至成都。我有幸走过全程，实地感受了秦蜀古道的沧桑与荣光。尤其是嘉陵江上游沿线，经过数不清的急流险滩，看到风光绮丽的众多峡谷，诸如凤县灵官峡、两当云屏峡、徽县月亮峡、略阳药崖峡、宁强燕子砭峡、广元朝天峡，等等。

朝天峡在今广元市朝天区。朝天峡实际分为上下两个峡，相距不到两公里，仿佛一座古城的南北两端瓮城，亦似天府之国的两个把门将军。朝天峡古称龙门山，《元和郡县图志》记："龙门山，在县东北八十二里，出好钟乳。"

相传当年诸葛亮北伐，大军走古道翻越龙门山过五盘岭，遇魏军阻击难以突破。诸葛亮乘舟沿西汉水上行查勘栈道寻路，轻舟在龙门山峡谷遇急流翻沉，两个书童溺水而亡。书童一名清风，一名明月，诸葛亮悼亡思故，遂将龙门山二峡命名为清风峡和明月峡。

唐宋以后，朝天关、朝天峡、朝天驿、朝天程等渐次出现在方志典籍里。一个合乎逻辑的古代场景于此再现：安史之乱时明皇幸蜀，舆驾未至，山南道普安郡和蜀郡的地方官早已在此等候迎驾。"朝天"地名由此而来。

从陈仓道到金牛道，从朝天关到天雄关，从西汉水到白龙江，利州成为嘉陵江上游集大成之地。这个"集大成"，不仅表现在嘉陵江在此水量足够大，河面足够宽，山水风景足够雄奇，更表现在其文化色彩的足够丰富，众多历史人物留下的故事足够生动。嘉陵江于此开始显现出长江第一支流无与伦比的伟大气质。《诗经》有句"东门之杨，其叶牂牂。昏以为期，明星煌煌"，走过嘉陵江诸峡，始解"煌煌"二字深意。

卷六 阆水沧沧

> 阆中有渝水,賨民多居水左右,天性劲勇。初为汉前锋,陷阵锐气喜,帝善之曰:"此武王伐纣之歌也。"
>
> ——晋常璩《华阳国志·巴志》

一、识路狗与听经鹿

第一次到阆中，印象最深的是两种动物。一是狗，二是鹿，狗是真实存在，鹿是文字描述。

那年初春，应一对散文家夫妇邀请，乘坐他们的自驾车去阆中度假。随车前往的还有他们家的小狗雄雄。雄雄活泼可爱，不怯生，一路上跳跃不停。车到阆中，雄雄第一个蹦下车，在人前跑上跑下，头也不停摆动，仿佛在为我们带路。低声吠叫也像在发指令："跟上！"

我拿起照相机去古城牌坊拍照，耽误了些时候才回集合点。老远就听到雄雄的吠叫。走近了，雄雄叫声仍不停，还提高了声量，冲着照相机咆哮，仿佛警告不能把人带远了，走丢了拿它是问。

我一脸懵懂，问主人是怎么回事。散文家解释说，我们都不是主人，这小家伙才是。它到哪里都不觉得是去做客，总要操心管事，生怕把第一次跟它出来的客人弄丢了。我很惊讶，一只小狗竟有如此灵性！

那次度假我带上了《续高僧传》，晨起在茶廊阅读。廊外就是嘉陵江，江水缓流，薄雾缥缈。江对岸山影幢幢，如梦似幻。其时正读到慧重和尚的传记："释慧重，俗姓郭，雍州人，隋唐时期长安大兴善寺高僧，以佛经律藏义理造诣闻名于世。"

隋仁寿四年（604年），文帝诏请慧重法师造一座供奉佛舍利的宝塔，送到隆州（553—713年阆中县属隆州，后改为阆州）禅寂寺供奉。相传凡供奉有佛舍利塔的寺庙，晴朗之夜则有机会看到佛塔放光奇景。禅寂寺佛塔安放当日，人们果然看到寺庙大放光明，紫色祥云覆盖着宝塔。

天明，慧重在禅寂寺设斋讲解佛经。人们看见一只梅花鹿从南山（今名锦屏山）下，游过嘉陵江跑到寺里，安静地跪下听高僧讲经，直到讲座结束才离开。"人以手摩，自然依附，乃至下讫，其鹿方去。"（唐释道宣《续高僧传》）

此场景不可复制，自然奇迹似乎也不易论证，但这段记载也为我们提供了不少值得探索的信息。譬如，朝廷向地方

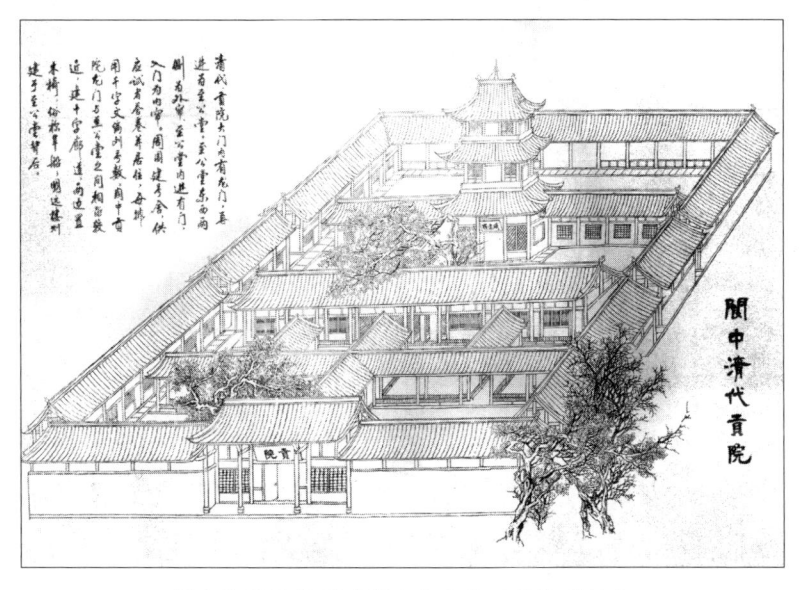

阆中清代贡院图（阆中市贡院旧址陈列馆）

赐赠佛舍利塔，历来皆为大事，阆中远离长安和中原，隋文帝为何选中这里？

有一点似乎可以确认，社会安定时代，人们与野生动物相处自然和谐，隋唐时期的阆中大概如此。那一瞬间，恍然看见晨光氤氲的嘉陵江中，一只神鹿踏着水面向我奔来，奇妙无比。它与小狗雄雄给我的首次阆中之旅增添了无穷乐趣，也让我对嘉陵江进入中游后的第一座古城充满好奇。那以后数度踏访，对其奥秘总探索不够。

隋文帝选择向阆中赐赠佛舍利塔，很可能他是熟悉阆中的，甚至知道阆中曾是古代巴国最后的都城。

权威史籍记载，春秋战国时期巴国国都经历了数次变迁。"巴子时虽都江州，或治垫江，或治平都，后治阆中。"（《华阳国志·巴志》）

这里的江州、垫江、平都，分别是今重庆市渝中区、合川区、丰都县。除丰都在长江边外，巴都迁移的总趋势是沿嘉陵江不断北移，最后的都城即今四川阆中。阆中地方研究资料记载："巴国迁治阆中的时间，约在公元前339年至前330年之间。一说更早。巴都城址，在今盘龙山至玉台山麓，濒嘉陵江台地上。"（阆中市博物馆展陈简介）

那么巴人选择定都阆中的理由何在？从阆中所处地理位置，以及近年来的出土文物，即可见一斑。与巴国前期国都江州的山高险阻，土地贫瘠，耕作弱于渔业相比较，以阆中为中心的嘉陵江中上游地势平阔，江流舒缓，土壤肥沃，物产丰饶，经济发展条件更好。对此《华阳国志》亦有记载："土

巴都景象图描绘的古代阆中街市（阆中市博物馆）

宜五谷，牲具六畜，桑蚕麻苎，鱼盐铜铁，丹米茶蜜，灵龟巨犀，山鸡白雉，黄润鲜粉，皆纳贡之。"时至今日，桑蚕养殖和传统丝绸也是阆中的重要产业项目。

战国中后期，巴国内忧外患不断，国力衰弱，尽管巴蔓子将军向楚王借兵平息了内乱，并以"断头护城"壮举显示了巴人的忠勇性格，最终也没能挽回颓势。在楚国强力挤压下，巴人只得向北退守。阆中即在此时承担起巴国最后堡垒的角色，但也没能维持多久，公元前316年巴国便被更强大的秦国灭亡。

史籍没有留下巴国任何一位国君的名字，只以"巴王"及最先由周朝封给子爵爵位的"巴子"称之。在阆中终结国运的这位"巴子"亦没有留下独属自己的名字，《华阳国志》仍以一个统称交代了他的结局："仪贪巴、苴之富，因取巴，执王以归。置巴、蜀及汉中郡，分其地为四十一县。"即是说最后的巴王，被秦相张仪和将军司马错带领的秦军俘获并带回了秦国，最后客死他乡，成为最具悲剧色彩的巴王。整个巴蜀地区并入秦的版图，最后的巴都成为秦国巴郡阆中县。

东汉以后，巴郡一分为三，先为巴郡、永宁郡、固陵郡；后又改为巴郡、巴东郡、巴西郡，合称"三巴"。阆中属巴西郡。

秦汉至魏晋南北朝，阆中皆为郡治所在。三国蜀将张飞曾为此郡太守，其遗迹至今犹存。南朝宋、齐时期，阆中得到较大发展，成为巴蜀交通枢纽之一，"阆中居蜀汉之半，当东道要冲"（《太平寰宇记》卷八十六）。

隋唐时期，阆中成为隆州州治，管辖地区多达十县，包括今日南充在内。这样看来，隋文帝向阆中禅寂寺赐赠佛舍利塔，并派高僧主持斋日佛经宣讲会，就顺理成章了。经过三国至南北朝长期战乱，重回天下一统的隋唐，为尽快抚平战争创伤、安定人心，通过众多高僧大德的佛经翻译、阐释，对源自古天竺（今南亚地区）的佛教文化进行中国化改造，使其与儒家文化相结合。也是在仁寿年间，隋文帝"诏天下各藩建灵塔，奉藏舍利，凡百十一塔"（宋《佛祖统纪》卷五十三）。

地处嘉陵江中游核心地带，文化底蕴深厚的古城阆中，在隋唐时期成为奉藏佛舍利的城市之一，亦可看出当时朝廷对嘉陵江流域文化重建的重视。慧重法师在阆中讲经，引得灵性超然的梅花鹿也来听讲，在古代或是文化复兴的一个象征。

二、锦屏山与巴国都

锦屏山之于阆中,是制高点,也是观景台。在阆中古城隔嘉陵江南望,一座美丽而巨大的"屏风"如在眼前。一开始不知山名。那天早上的阅读顺着典籍里那只听经鹿的指引,逆着水流抬眼搜寻嘉陵江对岸的"南山"。首先看到的是"阆苑仙境"几个大字,以及那屏风样的山峦,不觉会心一笑,"锦屏山"恰如其名。

典籍记载最先看到山如锦屏的诗人是陆游。在他之前到阆中留下诗篇的杜甫,亦对阆中山水感触颇深,杜甫的《阆水歌》流传至今。其中有句:"嘉陵江色何所似,石黛碧玉相因依……阆中胜事可肠断,阆州城南天下稀。"

其时的杜甫对嘉陵江城南之山,仍沿袭初唐道宣法师的认知,跟着阆中百姓把城南之山叫作南山。在诗圣眼中,阆中南山十分壮观,为世间少有。不仅如此,阆中城的悠久历史和曾经的繁华富足,亦让他联想到自己漂泊巴蜀,空怀报国之志而不得,不禁感慨系之,柔肠寸断。恰恰是这首借景抒怀诗,让阆中人亦感慨万千,在杜甫逝世后,专为他修建了祠堂纪念。

北宋地理典籍也没出现过锦屏山之名,而将南山记为阆山、阆中山,"其山四合于郡,故曰阆中,按名山志云:阆中山多仙圣游集焉"(《太平寰宇记》卷八十六)。

直到南宋淳熙年间,诗人陆游入蜀谋职,沿着嘉陵江自北而南游历秦陇巴蜀多地,留下大量诗篇。在他抒写阆中的诗中,南山终于有了别具一格的新名:锦屏山。而人们看到陆游这首题为《游锦屏山谒少陵祠堂》的诗作,展示的忧国忧民情怀,与其所祭奠的前辈诗人杜甫惊人相似:

> 城中飞阁连危亭,处处轩窗临锦屏。
> 涉江亲到锦屏上,却望城郭如丹青。
> ……
> 山川寂寞客子迷,草木摇落壮士悲。
> 文章垂世自一事,忠义凛凛令人思。
> ……

与杜甫当年身处"国破山河在,城春草木生"相比,陆游身处的南宋面临着更加严重的外敌入侵、国家分裂,而朝廷始终偏安一隅、得过且过。陆游报国之志难酬的心境,可谓感慨更深。

也许正因为如此,两位古代诗人吟咏阆中的诗,才成为人们感知锦屏山,认识阆中,引用最多的两首。锦屏山成了虽深处内陆,却镜映国脉、催人奋起的警世之山!今日锦屏山,少陵祠(祀杜甫)、放翁祠(祀陆游)、三贤祠(祀朱熹等)、张烈文侯祠(祀张宪)等,成为游人必到之地。

其实,这也是有传统的。我去锦屏山踏访游览,印象最深的,便是那些由嘉陵江养育,为华夏文化作出独特贡献的历史人物。从"素有方略"助汉朝统一天下的賨人首领范目,到创制浑天仪和太初历的天文学家落下闳;从"治政严明"

深受百姓爱戴的扬州刺史严遵,到谨守职责敢于"固谏"的上林令谯隆;从临危不乱"执戟战死"的文官程畿,到"骁勇绝伦"屡立奇功的岳家军战将张宪,等等,锦屏山人物可谓群星荟萃,辉耀华夏。

清雍正《四川通志》在介绍上述人物时,都注明了他们的籍贯——"阆中人"。此标注别有深意,我从中读到了这片土地自上古以来从未中断的热血传统。

我个人觉得,"阆中人"一词更具有古代巴人的属性。战国后期,巴、蜀为秦所灭,随即为华夏民族史留下一个悬念:曾经生活在中国西南广大地区的巴人到哪里去了?

据《后汉书》《华阳国志》等早期典籍所记,巴人灭国后,居于南部的巴民族主体在秦汉时期被称为"五溪蛮",所居地域在今渝、鄂、湘、黔之武陵山区。正所谓"山连越嶲蟠三蜀,水散巴渝下五溪"(杜甫《野望》)。

而巴国最后国都阆中一带,嘉陵江中上游的巴人后裔,在史籍里则被称为"賨民",亦名板楯蛮。

公元前206年,各地义军联手推翻已失去民心的秦王朝。参与征战的賨民作为汉军前锋,冲锋陷阵时"锐气喜舞"的表现,极大地鼓舞了士气,自然得到统帅的赞赏。熟知古代战争史的刘邦,由此情景联想到牧野之战,指出賨民战士冲锋时所唱的,就是"武王伐纣之歌"。

刘邦这样说的依据,是他熟悉賨人首领范目。范目曾建议刘邦"募发賨民,约与共定秦"。意即范目与刘邦订立盟约,一起征战平定天下,之后賨人仍保持自己的民族特性和生活方式。范目在"北定三秦"战役中立下战功,被刘邦封为长安建彰侯,并给予賨民免除租税徭役的奖励。之后刘邦要范目继续帮他出征关东,并许以再封阆中慈乡侯、渡沔侯等爵位,却未能如愿。范目只想按照盟约行事,带自己的賨民战士回老家过日子。刘邦答应践约,表示理解范目的心情,说:"富贵不归故乡,如衣绣夜行耳。"(《华阳国志·巴志》)

刘邦此言似乎有点以小人之心度君子之腹,把范目和賨人的故乡情怀,说成只想回老家炫耀。史籍没有记载范目对刘邦此言的回应,但也没有影响后世对他的评价。范目成为继东周巴蔓子将军之后,以善战载入史册的第二位巴人名将,为"巴有将,蜀有相"这句名言增加了内涵。范目正是賨人所承巴人智慧、乐观天性的一个代表。

范目之后,另一个賨人程畿,则以巴蔓子类似的忠勇形象辉耀史册。

程畿,字季然,阆中本土人。难能可贵的是,他并非武将,却在危难时刻挺身而出,奋勇御敌,血洒疆场。史籍记载,程畿曾任三国蜀汉朝廷"从

汉归义賨邑侯金印(原藏重庆市博物馆,现藏国家博物馆)

事祭酒"一职,为刘备身边的谋士兼礼仪官。章武二年(222年),刘备为报关羽被东吴杀害之仇,率大军东征吴国,结果大败,不得不退回蜀境。程畿陪着刘备溯长江三峡走到石门滩(湖北巴东境),吴军前锋孙桓带兵紧追不舍,情况危急。程畿令军士保护刘备弃船登岸走山路避敌,自己留下断后。

眼看追兵将至,身边士卒告诉他,解开船缆乘上小船可以脱身。程畿拒绝乘船,说,我在军中从没有因为畏惧敌人追杀而逃跑,何况现在天子遭遇危险,我怎么可以只顾自己逃命呢!最后的结局是,"追者至,畿身执戟战死"(清雍正《四川通志·忠义》)。

如果说嘉陵江流域的賨人武士,尚保留着古代巴人的族缘血统,那么此后的"巴人"则更多地成为一个文化概念,即生活在这片土地上的人们,共同认可并保持的某种地域习俗、语言特征和人文个性。其中尤以在汉代离开家乡,到朝廷和外地为官的两个文化人——落下闳、严遵最为典型。史籍在记载二人的故事时,已不再强调他们的民族特性,只记下籍贯阆中,特别突出了他们对国家和人民的贡献。

三、盘龙山与落阳山

盘龙山亦名蟠龙山,又名锯山,位于嘉陵江东岸,与锦屏山联手拱卫着阆中城。在古代典籍里,盘龙山的地位似乎比锦屏山更突出,清雍正《四川通志》将其列为阆中第一名山,并强调"咸亨中尝移县治于此"。

咸亨是唐高宗李治的年号之一，时在公元670—674年间。在此之前，李治的父亲太宗皇帝还为这山留下个故事：贞观年间，太宗李世民听到传言，说长安西南千里外有"王气"，担心有人叛乱，便派人入蜀查证。钦差大臣到了阆中盘龙山，果然看见山上"气色郁葱"。又见山上有一块与众不同的巨石，长四十丈，高五尺，石间裂缝仿佛房门，若闭若启，当地故老将其称为玉女房，为神龙居住之所，故名盘龙山。钦差将巡查结果报回长安，太宗皇帝便诏令当地将巨石凿开，把玉女房捣碎，以示锯断所谓龙脉，这便是"锯山"一名的由来。唐高宗时将阆中县衙迁移到盘龙山上，亦有镇邪之意。

此故事载入南朝梁《益州记》并广为流传，清《四川通志》《阆中县志》亦有复述。故事虽无稽，描述的盘龙山特征却令人印象深刻。

真正令盘龙山闻名于世并流传千古的，是天文学家落下闳留下的遗迹。

落下闳（前156—前87年），字长公，西汉天文学家，曾与司马迁同为汉武帝任用的朝廷文化与科技主官，"儒雅则公孙弘、董仲舒、倪宽……文章则司马迁、相如……历数则唐都、落下闳"（《史记》列传第五十二）。

相传落下闳从小勤学好问，尤其喜欢观察天象，琢磨物候，曾自制观测仪器，并在阆中城外盘龙山建立观星台。他将观察结果与老农和乡贤交流，帮助农户按季节变化的准确时序妥善安排农事，获得广泛赞誉，名声传到长安。

其时中国的历法对自夏以来的历法各有所取，并不统一，"夏正以正月，殷正以十二月，周正以十一月"。即夏、商、周三代各以一月（正月）、十二月（腊月）、十一月（冬月）为一年的开始。到西汉时期，各地的历法混乱影响到朝廷政令畅通和税收计征。正所谓"天下有道，则不失纪序；无道，则正朔不行于诸侯"，汉武帝于是下令征召各地科学人才，研究历法改革事宜。落下闳得到在朝廷任太常令的阆中同乡谯隆推荐，来到长安，与朝廷的星象学者唐都、太史令司马迁等一道研究制定统一的"汉历"。落下闳长期积累的天文学理论与实践潜力，得以在全国最高科技平台集中爆发，最终创造了一系列成果。

落下闳改进浑天仪，提出天

落下闳与浑天仪（阆中锦屏山）

文学理论"浑天说",以自己的算法推演日月星辰的运行规律,最终得出一年的大致天数,分为十二个月,以夏朝所定正月初一为一年岁首。这个结论影响至今,故而中国农历亦称夏历。

落下闳同时提出夏至、冬至、大月、小月、闰月、闰年等概念,适时调整日常经验与天文观测在时间上的差异,解决了长久以来的历法混乱问题。对此,权威史籍的记载是:

> 至今上(汉武帝)即位,招致方士唐都分其天部,而巴落下闳运算转历。然后日辰之度与夏正同,乃改元,更官号,封泰山……其更以七年为太初元年。
>
> ——司马迁《史记·历书》

这里的改元,即更改年号为新的计年起点,将西汉元封七年改为太初元年(前104年),新历法名为太初历即缘于此。封泰山,则是朝廷在泰山举行的以"天"为祭祀对象的最高级别典礼,由皇帝亲自主持。

因推行新历法而改元、封泰山,汉武帝和落下闳、唐都、司马迁等人的作为可谓开创"太始之初"的惊天之举,不仅为华夏,也为世界开创了一个天文学意义上的新纪元。英国著名科技史学家、中科院外籍院士李约瑟在《中国科技史》一书中,盛赞落下闳对人类天文学的贡献,称其为"中国天文史上最灿烂的星座"。2004年,国际天文学联合会将中国国家天文台新发现的小行星"落下闳星",列为国际永久编号第16757号,以此纪念这位伟大的天文学先驱。

两千多年来,西汉太初历影响了国人生活的方方面面,二十四节气、元旦、春节、端午、中秋等,大都能在太初历找到历史根由。今日中国民间,亦将落下闳尊为"春节老人"。

这位"春节老人"的结局如何,《史记》没有记载。这不难理解,司马迁早于落下闳三年去世,不会在严肃的史书里预言这位同僚的结局。

据陈寿《益部耆旧传》和阆中地方志记载,太初历完成后,汉武帝打算任用落下闳为侍中,相当于内阁秘书长,而落下闳"拜侍中不受",回到故乡"隐居落亭",即今阆中市桥楼乡落阳村。村庄所倚之山亦名落阳山,其名源于"落下"姓氏。当地乡民至今将这位古代乡亲引以为傲,并有在"闳庙子"祭拜落下闳的习俗。

天性自由,不慕权力,做自己喜欢的事,最终回归故土,从范目到落下闳,一武一文两个阆中人的选择,留给后世无穷启迪。历史上建立丰功伟业的人物,似乎有个共同规律,武将多出现在国家危难时,科学家则集中出现于太平盛世。阆中是观察此规律的一个样本。

四、阆水、渝水与强水

还有一个阆中人,让流经此地的嘉陵江,染上了崇高的色彩,成就了一首巴地民谣。他姓严名遵,字王思。清雍正《四川通志》载有其简历:"严遵,阆中人,为长安县令,治政严明,擢扬州刺史,后当迁,吏民遮道止之,凡三迁,车辙不得行。"

而在《华阳国志》里,还保留了这位主人公的不少细节。故事大致如下:

严王思在扬州刺史任上做了很多实事,深受百姓爱戴。在其任期届满离开时,扬州百姓自发为他送行,把道路都堵塞了。几位老者拉住马车不让他走。扬州的官员也出面挽留,并呈上万民折,希望朝廷让严刺史留下来继续治理扬州。皇帝顺从了民意,重新颁诏让严王思再做一任扬州刺史。

孰料严刺史第二任期届满时,扬州百姓再次上街挽留,皇帝于是再次下诏让其留任。严王思任职扬州前后十八年,直到在任上去世。

得知严刺史去世消息,扬州百姓再次聚集起来悼念这位父母官。看到刺史家里干干净净,没有任何积蓄,扬州百姓纷纷捐款供养其家人,州府的台阶很快堆满了钱币,总额达一百万钱。谁捐了多少也无法登记,只好把钱暂存起来,等待交给严家人。

严王思的长子严羽时任徐州刺史,赶到扬州为父亲举丧,面对捐款却没取一文钱,最后辞去官职,带着老母亲回了故乡。严家人离开后,扬州府无法退还捐款,只好用那些钱买了食物,摆在大路边让过往行人免费取食。

严王思清廉勤政、客死他乡的故事传回巴郡,也感动了故乡百姓。典籍最后的记载是:

巴郡太守汝南应季先善而美之，乃作诗曰："乘彼西汉，潭潭其渊。君子恺悌，作民二亲。没世遗爱，式镜后人。"

——《华阳国志·巴志》

这首四言古诗在嘉陵江流域广泛流传，直至当代。我便是在《华阳国志》里最先读到的，初读时对"西汉"二字不解，以为是朝代名。多读几遍，才知就是嘉陵江。在《水经注》成书的南北朝时期，今日嘉陵江除了被称为西汉水外，还称漾水、汉水、故道水、阆水、渝水。其中"阆水"和"渝水"二名出自阆中。

北魏《水经注》记载："阆水出阆阳县（《水经注疏》即阆中），而东径其县南，又东注汉水。"这是说"阆水"原本是嘉陵江一条支流，从地理方位看，即今阆中嘉陵江西岸支流白溪河。唐代以后"阆水"成为嘉陵江的别称：

嘉陵江，又名西汉水，又名阆中水，亦曰阆江，亦曰渝水，又名南津河。入县境，东南流八十五里，入南部县。杜甫诗（《阆水歌》）："嘉陵江色何所似，石黛碧玉相因依。"

——清雍正《四川通志·山川》

"阆水"一名或受地名所限，最终未能成为嘉陵江全流域名称。隋唐以后真正成为嘉陵江别名的是"渝水"，直到

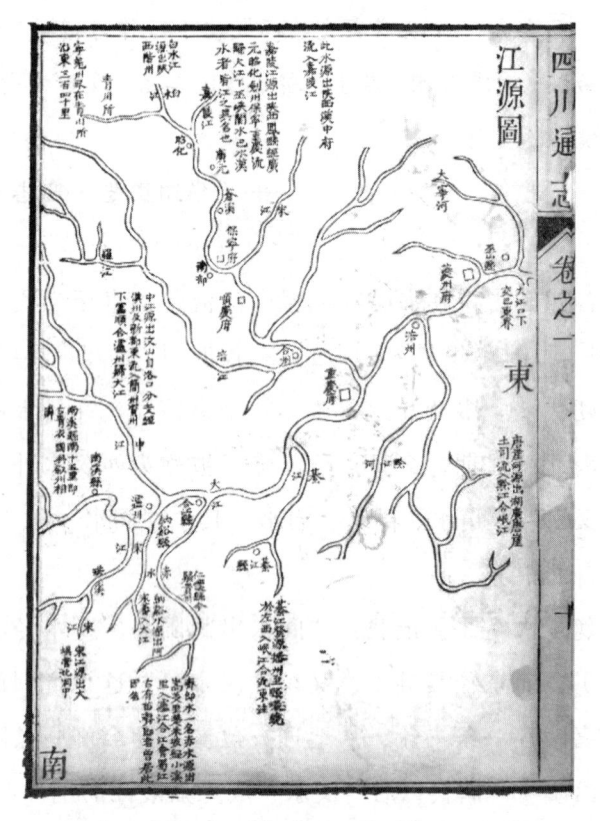

清雍正《四川通志》江源图中的嘉陵江流域

今日，"渝"仍是重庆市的简称。重庆人喜欢这个名称。

"渝水"一名古已有之。前已述及，《华阳国志》载"阆中有渝水，賨民多居水左右"，说明汉晋时期"渝水"即指阆中段嘉陵江。"渝水"一名何时开始指称全流域，或许是个有趣的话题。

唐代典籍在叙述渝州，即今重庆的建置沿革时有如下记载：

> 隋开皇九年（589年）改楚州为渝州，因渝水为名。汉高祖还伐秦，巴人从军，歌舞陷阵，帝善之曰"此武王伐纣之歌也"，后令习之，所谓巴渝舞也。
>
> ——《元和郡县图志·剑南道下》

当年助汉高祖刘邦伐秦的巴人，就是范目率领的賨民战士。此记载不仅确认了渝水为渝州一名的来源，也将渝州与阆中的紧密关系说得明明白白。如此看来，今日重庆人实应好好感谢一下阆中，赠予了这么一个富有深意的简称。

而关于"渝"字的深意，还曾经有过这么一个历史故事。

"渝州"自隋文帝时期成为今日重庆城市名，之后一直用了513年，受到人们喜爱。唐宋时期，很多到过渝州的人士，如李白、杜甫、刘禹锡、李商隐、白居易、苏东坡、范成大等，都留下过咏渝州诗。不料到宋徽宗时，因为一个"谋反"事件，"渝州"城名突然被禁。

话说北宋时期，渝州南部为南平僚居住地。其时南平僚首领因带领族人归附朝廷，被赐以皇家赵姓，成为朝廷命官。后来首领之子赵谂考中进士，亦进入朝廷为国子博士，僚人将其引为荣耀。但赵谂天性自由、直率，看不惯朝中官员结党营私、阿谀奉迎的做派，说话议政毫无顾忌，得罪了不少人。朝廷同僚中与赵谂有过节者，趁其回乡省亲之际，串通太监向徽宗皇帝告发，说他说话狂妄，对上不敬，攻击朝廷，意图谋反。对于这个并没有事实依据的指控，宋徽宗本来心存疑问，却架不住身边佞臣以"莫不是有哦"的推论，宁可信其有，不可信其无，最终以谋逆罪将赵谂诛杀。

杀了赵谂，宋徽宗仍不放心，认为渝州的"渝"字有悖逆之义，寓意不祥，于是下诏将渝州更名为恭州，强调地方对朝廷必须恭顺。重庆地方史志对此有记：

> 北宋崇宁元年（1102年）二月，宋国子博士南平僚人赵谂，回乡省亲，被人告发"谋反"，处死。六月，改渝州为恭州。
>
> ——《重庆市志·大事记》

类似这样被怀疑被枉杀的事，不久后再次发生且影响更大，受害人是南宋抗金主帅岳飞。丞相秦桧向高宗赵构指控岳飞谋反的理由，也是"莫不是有哦"，换成文言就是"莫须有"！此三字后来成了一个成语。

跟岳飞一起被枉杀的，还有一个岳家军战将张宪。"张宪，阆中人，岳武穆用为偏将，骁勇绝伦，征战有大功，与岳云俱为秦桧所害。"（清雍正《四川通志·武功》）

这次枉杀直到宋宁宗嘉泰四年（1204年）才获平反，宁宗追封张宪为"阆州观察使"，赠宁远军承宣使。明清时期追谥张宪为烈文侯，进入阆中锦屏山昭忠祠，在嘉陵江流域及杭州岳王庙等地祭祀至今。

宋朝在中国历史上是一个颇为特殊的时代。一方面经济发达，科技领先，北宋京城汴梁（今河南开封）、南宋京城临安（今浙江杭州）都是当时世界最大都市之一。另一方面却是军事虚弱,国土分裂,内政也留下很多荒唐举措,譬如"莫须有"之类冤案屡屡发生,以及宋徽宗将"渝州"改为"恭州"。

那次更名于三千年重庆史而言,只是一个短暂插曲。事实上"恭州"一名只用了87年,便被"重庆"取代,更名者为宋徽宗玄孙赵惇。到南宋淳熙十六年（1189年）,恭王赵惇登基为帝,立即将恭州改为重庆府,这位玄孙对高祖似乎也不"恭顺"。而这次更名,重庆人接受得很爽快,一用就是800多年。前有渝州之"悖逆",后有重庆之"厚重",相较之下,中间那个"恭顺之州"就显得有点轻飘飘的了。重庆人对"渝州"的喜爱,是有根由的。

渝州更名的荒诞性显而易见。不过有一点,宋徽宗还是说得颇有水平的,渝州的"渝"字的确含有悖逆之义。《说文解字》："渝,变污也,从水,俞声。"本义是改变,引申为违背、逆反、叛逆。成语至死不渝,就是一辈子不改变。

一个词用于社会伦理,意义即含褒贬。但就"渝"字本身而言,其实是对一种自然现象的描摹,就是河水逆向回流。譬如嘉陵江,自秦岭发源,由北至南奔流上千里,到阆中这里突然来了个大转弯,由西向东,再由南向北绕行270度,成就了古代巴都、今日阆苑。我曾沿着嘉陵江,以逆时针方向徒步环绕古城,边走边看边询问。最后发现我的路径差不多与江水一样,走了一个倒"门"字形包围圈,正所谓"四合于郡,故曰阆中"。原来决定阆中城布局的,除了阆山,还有阆水。阆水跟渝水一样,也具有逆反性格。阆水就是渝水。

135

三千里嘉陵江，蜿蜒曲折，一步一回头的逆行流水现象，在上、中、下游还有很多处，如广元飞仙关、蓬安马回乡、南充青居镇、合川钓鱼城等。公元6世纪后，"渝水"一名逐渐流行，最终取代"汉水"成为整条江的共名。

我猜上古圣人仓颉可能来过阆中，或者干脆就是阆中人。他看到河水在此来了个逆天式的倒流之后，瞬间灵光闪现，于是造出了"渝"字。"渝水"之名得自于此，名副其实。

而渝水赋予嘉陵江流域巴人的逆反性格，也显而易见，换成巴蜀方言，就是"犟"。《水经注》叙述阆中段嘉陵江，还有条支流叫"强水"，有人解读为"羌水"，我认为读成"犟水"可能更接近原意。

"犟"的另一内涵是固执，也是坚守。从先秦至今，"阆中"地名一直未变，亦可谓之"犟"。2006年，阆中被联合国教科文组织认定为"中国地名文化遗产——千年古县"。阆中"犟"得很值。

卷七 安汉文脉

> 江州以东,滨江山险,其人半楚,姿态敦重;垫江以西,土地平敞,精敏轻疾。上下殊俗,情性不同,敢欲分为二郡:一治临江,一治安汉。
>
> ——汉但望《请分郡疏》

一、安汉县与古充国

在嘉陵江流域众城市中，南充是一个很特殊的存在。若论自然景观，不及上游广元、下游重庆；若论历史悠久，不及相邻的阆中与合川，后二者都曾为古代巴都。唐宋以后，南充作为嘉陵江中心城市的地位日益突显，近现代一度成为川北地区首府。及至当代，南充成为位列重庆之后的嘉陵江流域第二大都市，其深厚底蕴也令人刮目相看：《三巴记》《三国志》撰成于此；嘉陵江上第一座浮桥诞生于此；张澜、朱德、罗瑞卿修学创业走向革命皆起步于此；蒙文通、任乃强、伍非百研究巴蜀史、墨学亦曾在此。而最早因一个忠诚献身故事设立一个县，也在这里，它就是南充的前身安汉县。

史籍记载，今日南充地区在先秦时期为巴国地，秦汉属巴郡阆中县。其地最早单独建县，缘起于一个类似"巴将军断头护城"般的真实故事，故事的主人公名叫纪信。

汉高帝三年（前204年），楚汉相争进入相持阶段，刘邦驻军荥阳一年有余，被项羽亲率楚军围困至粮草尽绝。这天夜晚，刘邦与众将领百般谋划突围，苦无良策。这时将军纪信站出来，说："末将有一计，让我假扮汉王去楚军大营周旋，汉王可以寻机突围。事已急矣，时不我待，恳请汉王考虑此计。"

困境中的刘邦立即采纳了纪信的计谋，下令打开荥阳城东门，让2000军士保护妇女儿童出城避难。楚军立即围了上来，这时却见纪信驾乘汉王的黄幄战车，高举绣有"汉"字的纛旗，来到两军阵前大声喊道："我是汉王，城中粮食已尽，我已下令不再抵抗，现在前来投降，你们带我去见楚王！"

楚军士兵见纪信气宇轩昂，王气十足，没有丝毫怀疑，便停止了攻击，齐声欢呼万岁。而此时刘邦则在几十名将士护卫下，迅速从西门逃脱，去了汉军成皋营地。

楚王项羽听说汉军已经投降，急令手下军士把刘邦带到自己的营帐。发现身着汉王服饰的人并非刘邦，项羽厉声问："汉王安在？"纪信答道："在下纪信，汉王已经出城走远，末将听凭大王处置。"

项羽曾在鸿门宴时见过纪信，当时就是他与樊哙、夏侯婴等人掩护刘邦不辞而别，逃脱追杀的。现在见纪信神情自若，毫无惧色，知道他不可能投降，于是，"项王烧杀纪信"（司马迁《史记·项羽本纪》）。

汉高帝五年（前202年），刘邦下令在纪信的故乡巴郡设立一个新县，名为安汉，以永远纪念纪信为汉朝开国立下的功勋。这个"纪信诳楚"的历史事件，自《史记》以后，被记入了四川历代方志等众多典籍，成为南充城市史的起始标志：

充之先有纪信者，从汉高帝起兵，为部曲长，死事荥阳，忠烈闻天下。信死，汉世高其勋，以劳名国，置安汉县，使后来知向慕，是故书安汉城。

——明嘉靖《南充县志·任瀚序》

此"安汉城"，即本卷标题下引但望《请分郡疏》提到的"一治安汉"。但望是汉桓帝时巴郡太守，有感于巴郡辖区过宽，山高路远，不便治理，向朝廷提出建议将巴郡一分为二，同时建议以安汉为巴郡郡治（首府）。此建议的合理性显而易见，虽未被当时朝廷采纳，却在不久之后得以实现。

东汉末年，华夏大地陷入分裂，割据巴蜀的益州牧刘璋将巴郡一分为三：垫江（今合川）以上为巴郡，江南庞羲为太守，治安汉；江州至临江（今重庆主城—忠县）为永宁郡，朐忍至鱼复（今云阳—奉节）为固陵郡。到建安六年（201年），刘璋将原巴郡三地重新命名，分别为巴西郡（治阆中）、巴郡（治江州）、巴东郡（治鱼复），"徙羲为巴西太守，是为三巴"（《华阳国志·巴志》）。

在这段叙述里，一位名叫庞羲的江南人以太守身份出现了两次。第一次是分巴后的巴郡太守，郡治在安汉；第二次是更名后的巴西郡太守，所管辖区未变，只是其官府（郡治）已由安汉城迁至阆中，因而叫"徙为巴西太守"。

阆中不用解释，如前章所述，2300年来城名都没变过。那么安汉城在哪里？

现在的中国地图无法找到这一城名。它是一个历史名词，存在了800余年，取代它的先后有隆州、果州、充州、顺庆府、南充等。宋代地理典籍对其源流有清晰记载：

> 果州，南充郡，理兆充县地，《禹贡》梁州之域，春秋及战国时为巴子国，秦、二汉属巴郡，即安汉县界也，亦为充国之地。
>
> 隋开皇初郡废，以县属龙州（后名隆州），仍移县理安汉城，十八年（598年）改安汉为南充县。
>
> 唐武初犹为隆州地，至四年（621年）分隆州之南充、相如二县置东州，以郡南八里果山为名。又置西充、岳池二县。
>
> 天宝元年（742年）改为南充郡，乾元元年（758年）复为果州，大历四年（769年）改为充州，十年复为果州。
>
> ——宋《太平寰宇记》卷八十六

这里的两个关键词是安汉、充国。

安汉因纪信诳楚得名，其时为西汉初年，安汉城名一直存在至公元598年。

充国则是汉代朝廷分封的一个邦国，先秦为巴国地。汉承秦制在全国建立郡县，同时为分封皇室和功臣而设置邦国。汉武帝以后逐步取消分封，撤销邦国，统一为郡县制治理。"充国"作为一个古名保留下来，今日南充、西充得名皆源于古充国，亦即安汉县地。安汉，即汉将纪信的家乡，在今南充

"纪信诳楚"雕塑（西充县纪信广场）

市西充县，历史上被称为"忠义之邦"。

今日西充保存有清代将军村汉纪信碑、化凤山汉纪信祠等遗迹，县城中心广场亦以纪信命名。纪信广场大型群雕所表现的，正是"纪信诳楚"所蕴含的舍身取义精神。元初中书令耶律楚材在瞻仰过化凤山纪信祠后，留下赞诗："不道将军是邑人。扶龙今有纪家村。宁存卯金死义气。未必丁火灰忠魂……"（明皇甫录《下陴纪谈》）

从西汉到隋唐，安汉县和古充国名称从出现到消失的过程，正是嘉陵江流域翻天覆地发展的时期。而对"忠义将军"纪信的崇拜和敬仰，早已超越了时代和族群的界限。

二、谯公祠与讲经坛

在嘉陵江流域的城市发展史上，阆中与南充的关系错综复杂，也是令我兴趣丛生的谜题之一。古代典籍记载，从先秦巴国到北宋保宁府的一千多年里，阆中多数时候都是国都、郡治、府署所在地。南充除短期为郡城外，一直是州县治地。直到南宋宝庆三年（1227年），理宗赵昀将其为皇子时任团练使的"龙潜之地"果州升为顺庆府，成为与利州府、保宁府、重庆府并列的嘉陵江中心城市之一。而支撑其地位的，则是汉唐以来日益发达的经济和深厚的文化积淀。保存至今的西山谯公祠和万卷楼，即是昔日顺庆府历史文脉的聚集地之一，今天是南充市内一个旅游景区，有公交车站设在那里。

我去万卷楼时正下着雨，下了公交车先跑进车站旁一家小商店避雨，同时询问能否寄存行李。店主是位老婆婆，回答说可以寄存，收费五块钱，随即将我的背包接过去放在货架下。又拿起一把雨伞递给我，说："还在下雨呢，把这个带上，不收费，你从万卷楼下来还我就行。"

我有些好奇，问她怎么知道我是去万卷楼的。老婆婆却反问我："不去万卷楼，你来这干啥呢？"不等我回答，又说，"在这下车的，都是去万卷楼，看陈寿和谯周。平常人多，今天人少，下雨，爬山要小心些，路可能有点滑。"

我问她知道陈寿和谯周是做什么的吗，她回答："陈寿是写《三国志》的，谯周是陈寿的老师。哎呀，我就晓得这些，娃娃们晓得多些。"老婆婆说话时脸上竟有了羞色。

老婆婆说得没错。西山万卷楼景区山路颇陡，秋天雨水多，路边石阶生了青苔，踩上去有点滑，我走得很小心。碰上两拨中学生，照样跑上跑下，好在也没人滑倒。

在谯公祠，一群中学生先是列队向谯周像行鞠躬礼，然后两两分组，提问答问，讨论主人公生平、著作与贡献。我想请教一下，环顾四周却没看见他们的老师。问一高个子男生，得到的回答令我意外：他们是高一年级学生，来万卷楼是语文老师安排的课外活动，老师没有来，只列出了参观线路和题目。全班同学自行组织参观，回去后要完成作业，以此增加对城市历史文化的了解。

"你们喜欢这样的活动吗？"

"很喜欢，看了讲经坛，才晓得古时候的老师很多是在野外教学。哦，讲经坛不是讲佛经哦，是讲儒家经典。"同学这样回答。

那一刻，我仿佛看见一位古代学者踏着青苔小径，向西山讲经坛走来，他就是谯周。

《三国志》记载，谯周于东汉建安六年（201年）出身于巴西郡西充国县（《晋书》记为安汉县）一个书香世家，父亲精通儒家经典，尤其在《尚书》研究领域颇有成就。谯周受其影响，从小聪明好学，青年时曾因诵读典籍，得其奥妙而"欣然独笑"，以至废寝忘食，取得"研精六经，尤善书札，颇晓天文"等成就。

蜀汉建兴年间（223—237年），谯周得到丞相诸葛亮赏识，到朝廷任"劝学从事"一职，后"徙为典学从事，总州之学者",主管蜀汉全国学界。诸葛亮去世后,谯周先后成为太子家令、中散大夫,"迁光禄大夫,位亚九列",即与朝廷九卿并列的重臣。在此期间,谯周虽因多次指出皇帝施政错误而受到冷落,但仍坚持自己的主张,秉公直谏。其《仇国论》成为三国政治论辩经典文献,在陈寿的《三国志》里保存下来。

蜀汉末年,曹魏大将邓艾率军由阴平道入蜀,势不可当。蜀国面临何去何从的抉择,"后主使群臣会议,计无所出"。一些大臣主张朝廷南迁,一些主张投奔东吴,只有谯周持反对意见。谯周分析天下大势,指出三国将再次统一,而"魏能并吴,吴不能并魏",与其两次受辱,不如主动降魏,以保全国人性命。后主刘禅采纳了谯周的意见,蜀土并入魏国,

谯周著述(南充西山谯公祠陈列馆)

时为曹魏景元四年（263年）。

对于谯周的"全国之功"（司马炎语），当时即有争议。谯周似乎并不在意。晋统一后，朝廷多次征召其赴洛阳任职，谯周"自陈无功而封，求还爵土"，没有应召，而是留在故乡著述、教学。"凡所著述，择定《法训》《五经论》《古史考》，书之属百余篇。"（《三国志》卷四十二）

谯周本质上是个文人，他留给巴蜀更多的，是文化启蒙性质的教学与著述，也被称为"蜀中孔子"。陈寿、杜轸（曾任安汉、洛阳令）是其最有成就的家乡弟子。今日南充西山谯公祠讲经台，塑有谯周与陈寿授业解惑像。而谯周所著《三巴记》，则是最早的一部巴蜀地方志，之后的《三国志》《华阳国志》皆受其影响。可惜《三巴记》全书没能保存下来，只散见于历代典籍引述中。

三、万卷楼与《三国志》

如果说谯周于嘉陵江文化具有开创之功，那么陈寿则使其发扬光大，辉耀华夏。

陈寿（232—297年），字承祚，"巴西安汉人，少好学，师事同郡谯周"。从《晋书》《华阳国志》等早期史志的记述看，陈寿与老师谯周关系密切，深得其学术真传。谯周曾对陈寿说："我相信你的才学，必成大器，但也可能经历很多坎坷和挫折。那并非都是坏事，让自己保持清醒，审慎做事就好。"

事实的确如此，陈寿几乎沿袭了谯周的人生道路，且都具有刚直不阿的性格。

陈寿的父亲曾为蜀将马谡的参军，马谡因"失街亭"之过，被诸葛亮依军法处斩。陈寿之父亦被连带处以"髡刑"，即剃掉须发以惩其罪。陈寿或受此影响，年轻时颇不得志，才华难以施展。虽在蜀汉朝廷做过观阁令史（初级秘书官），却因宦官所嫉"屡被谴黜"，又逢朝代更替而"沉滞者累年"。

直到晋惠帝时期（290—306年），陈寿的才华得到司空（内阁文官长）张华赏识，被任用为佐著作郎（助理秘书），并短期代理阳平县令。在此期间，陈寿受命编撰《诸葛亮集》，由张华向皇帝作了推荐。晋惠帝读后也很赏识陈寿，任命他为著作郎。

陈寿的才华终于得到空前发挥，他根据朝廷档案和实地走访，着手编撰自汉末大乱至西晋重归统一约百年间，魏、蜀、吴三国的历史大事、社会变迁、人物传记等，共六十五篇，成就了《三国志》这部时代大书。

《三国志》的问世，成为晋惠帝时代的一件文坛大事。朝廷上下都称赞陈寿"善叙事，有良史之才"。司空张华读过《三国志》后，对陈寿说，以后朝廷要编撰《晋书》，就交给你来完成了。晋惠帝身边近臣散骑常侍夏侯湛，在朝中亦以学识、文章著称，其时正在撰写《魏书》，读过《三国志》后，便放弃了写作，将已完成的书稿烧掉，以示对《三国志》的尊重——"夏侯湛时著《魏书》，见寿所作，便坏己书而

罢。"(《晋书·陈寿传》)

俗话说，木秀于林，风必摧之。正当张华举荐他为中书侍郎（内阁副首相）时，陈寿却遭到朝廷嫉贤妒能之辈的攻击，被贬为地方太守，他以母病为由辞任。不久后母亲去世，陈寿再次辞任御史治书一职，"竟被贬议"。正应了谯周对他的预警："成名当被损折，宜深慎之。"

不过，此时的陈寿对官场风波与人生曲折，早已习惯并淡然处之了。而他的卓越才华已经不可磨灭。在他之后的史学家常璩，最早就陈寿和谯周对中国史学的贡献作出评价，将其与司马迁和班固并列称之——"谯侯修文于前，陈君焕炳于后，并迁双固，倬群颖世"（《华阳国志·巴志》）。

我去西山拜谒陈寿遗迹时，从陈寿读书台开始，沿着长长一坡石阶，一路攀登到万卷楼，回望来路，境界大开。南充城和嘉陵江上的云雾，如千年波涛奔涌而来。进入万卷楼陈列厅，观赏由汉画像砖、晋时残卷、历代碑刻等文物保存的历史信息，寻读《三国志》精彩篇章，纵观陈寿的"学术生涯"，不禁感慨万千，对这位古代学人治学之严谨更钦佩之至。

《三国志》全书将魏、蜀、吴三国分别叙述，《魏书》三十卷，《蜀书》十五卷，《吴书》二十卷。一个有趣的现象是，作为蜀人，陈寿对蜀国的叙述最少，只有十五卷。这与明代小说《三国演义》，以蜀国君臣命运为主线的叙事方式形成巨大反差。原因何在？

查考典籍记载的陈寿生平可知，其成年为官与治学，多数时候是在西晋都城洛阳。他所接触的朝廷档案、历代典籍,走访的地区和人物,特别是经历的重大历史事件,多发生在魏国所在的中原地区。相较之下,《三国志》对蜀国的叙述只写可以考据确证的史实,因而篇幅较小。这正是陈寿严谨治学态度的体现。

小说《三国演义》第六十三回写到"义释严颜"故事:张飞带兵

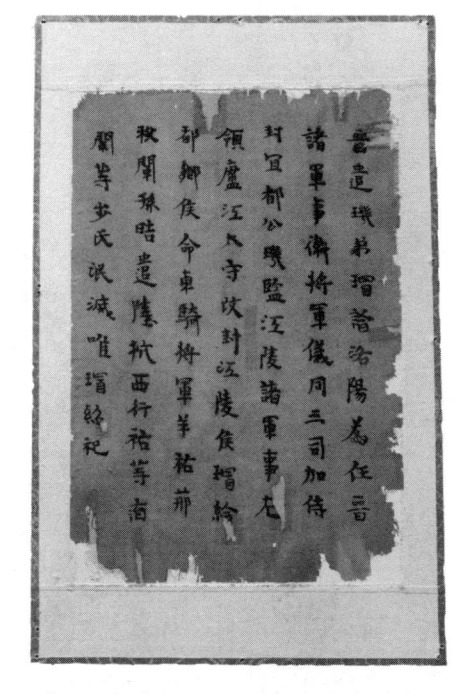

《三国志》晋代新疆纸本残卷(南充万卷楼陈列厅)

进西川,到巴郡遇到顽强抵抗,久攻不下,最后施巧计把城内守军诱出城外,设伏活捉了守城将军、巴郡太守老将严颜。后来张飞有感于严颜大义凛然拒绝下跪乞降的忠勇义气,于是为其松绑,反过来跪拜严颜以示尊敬。

故事的真实来源正是《三国志》:

(张飞)至江州,破璋将巴郡太守严颜,生获颜。飞呵颜曰:"大军至,何以不降而敢拒战?"颜答曰:"卿等無狀,侵夺我州,我州但有断头将军,无有降将军也。"飞怒,令左右牵去斫头。颜色不变,曰:"斫头便斫头,何为怒邪!"飞壮而释之,引为宾客。

——《三国志·蜀书·关张马黄赵传》

《三国志》在这里明确说到,张飞是在江州"破璋将巴郡太守严颜",这个江州即今重庆渝中半岛。小说《三国演义》一个细节,却把江州的地理环境写得像北方城市——"张飞性急,几番杀到吊桥,要过护城河,又被乱箭射回"。

须知江州是山城,自古以来都是"沿山筑城,环江为池",即以长江和嘉陵江为天然屏障,不需要挖护城河,也没有吊桥的。我猜想作者罗贯中可能没到过重庆,不熟悉这里的地理特征,因而留下了环境描写的文字破绽。而《三国志》则没有这样的问题,生长于嘉陵江中游的陈寿,对下游城市江州是熟悉的。

我在对照阅读《三国志》和《三国演义》时,看到这里禁不住会心一笑。这或许也是史志与小说,在史实叙述与文学想象方面的不同。小说可以天马行空,史志更强调真实严谨。这也是这两部文学与历史名著给我们的启示。

四、从果州到顺庆府

长期以来,我对南充这座城市知之甚浅,有几次路过,都没有住下来。直到那年秋天,应邀参加一次文学盛会后,才下决心进一步走近南充,实地感受这块热土的历史厚度与现实温度。我也总算从各种眼花缭乱的地名变迁中理出一点点头绪,加深了对这块土地的理解。

譬如蓬安,曾经名叫相如县,因汉代辞赋家司马相如寓居于此得名。而更早的名称竟然也是安汉,得名于汉朝开国功臣纪信。为何改成蓬安,我却百思不得其解。去蓬安寻访古佛寺遗址,在周口嘉陵江老码头,我向一位卖菜的大妈询问青石崖怎么走。大妈把手一挥,说:"哪个青石崖?是青石岩,在河对岸锦屏山。"

我立即明白过来,她在嘲笑我发音不伦不类,既然都说四川话,就不要夹那么多"雅音"。巴蜀方言原本"崖""岩"不分,都读作"岩"。在嘉陵江流域,这是通例。略阳灵崖寺、广元千佛崖、南充车骑崖,人们都把"崖"说成"岩",不分老幼。重庆"洪崖洞",小时候我与小伙伴去嘉陵江游泳,从那里经过,我们说的也是"洪岩洞"。什么时候变成"雅音"的,也是个有趣的话题。

我向这位"一字师"致谢,她却忙着卖菜,没工夫再理我。在为一个姑娘收钱找补时,她的"俗音"再次把我吸引过去。"夹!"边说边把零钱递给顾客。她说的是个古音,意思是给,写出来应为"嗟"(读若jiá)。成语"嗟来之食"表示某种轻蔑,其动作也是给。而大妈说这话,显然并没有任何轻蔑之意,就是给,她说的是本义。接着一位老大爷也来买菜,我注意力高度集中,希望验证一下大妈使用那个词,是习惯还是偶然。没想到老大爷付钱给大妈时,先说出来的,也是那个"嗟"。我惊呆了,不知道蓬安还为嘉陵江收藏了多少历史悠久的俗词。

就连"蓬安"县名,也保留下不少历史信息。地方志记载,今日蓬安在汉代属巴郡安汉县,其后相继为巴西郡大寅县、果州相如县、顺庆府蓬州。民国二年(1913年)废蓬州,取"蓬州""安汉"首字,更名为蓬安县。低调的蓬安,不动声色地保存了今日南充最初的文脉。

由安汉生发的这条文脉,在嘉陵江的潮流演进中日益粗壮。华夏大地在结束了南北朝分裂,重归一统之后,嘉陵江流域经济社会得以繁荣发展,"果州"应运而生。唐武德四年(621年)以后,原分属不同州郡的南充、西充、相如、流溪、岳池五县统为一州。至南宋宝庆三年(1227年),果州升为顺庆府,此称谓一直延续到近代,才为嘉陵道、南充市所取代,辖区扩展到整个嘉陵江中游地区,包括最早的古城阆中。帮助延续这条文脉的嘉陵人,更是群星璀璨,耀辉华夏。当然,这条文脉也在乱世之中历经坎坷和曲折。

最先经历这一曲折坎坷的,是首任顺庆知府胡元琰。

嘉定十七年(1224年),宋宁宗重疾驾崩,传皇位于侄子赵昀,为宋理宗。理宗即位之初便逢国运衰败,登基改元那年,湖州潘氏兄弟谋立济王叛乱,之后又有"元兵破关外诸隘""元兵破武休(今陕西留坝县)、入兴元(今陕西汉中)、攻仙人关(今甘肃徽县)"等事,四川面临蒙元军队进犯的巨大压力。

宝庆三年(1227年),宋理宗任命承奉郎胡元琰为顺庆知府。胡元琰上任伊始的首要职责便是加强城防、抗蒙保土。

其时蒙古采取"假道灭金"策略,向南宋提议联合攻打已走向衰落的金国。由女真人建立的金国,曾在靖康之役中将宋徽宗和钦宗俘获押往东北致死。宋理宗为雪祖先之耻,竟同意与蒙古联合进攻金国。绍定四年(1231年),蒙古监国拖雷亲率蒙军,"入自大散关,假道于宋以伐金"(《元史》卷一百四十九)。

而蒙军借道是假,入蜀是真,攻破秦岭后,沿嘉陵江一路南下,先后攻占凤州、兴州、利州、保宁府,进而威逼顺庆府。幸亏在此之前,胡元琰带领顺庆军民积极备战,加固城防,修筑堡垒,储备粮草,同时收纳溃散宋军重组队伍,劝回降敌将领反戈一击共同抗敌。蒙军无机可乘,南侵势头受到遏制,顺庆府得以保全。直到宝祐六年(1258年),更加强大的蒙军在蒙哥大汗指挥下攻占青居城,顺庆府全境沦陷,此是后话。

鉴于顺庆府有效遏阻拖雷蒙军南侵,令川境大部得以安宁,宋理宗特下诏对胡元琰给予特别褒奖,其诏曰:

> 近岁北兵再入利、阆,迫近顺庆,承奉郎胡元琰摄郡事,能收散卒,定居民,谕叛将,以全阆郡,以功特转官三资。
>
> ——《宋史》卷四十一《理宗本纪》

胡元琰首任知府时的顺庆城是什么模样,现在只能想象了。好在那处府衙旧址还在,如今已修复成为一个博物馆,在今南充城区大南街广场一侧，距嘉陵江一步之遥。

陈列厅里一个以明嘉靖《顺庆府志》载图为据，制作的南宋顺庆府城复原模型，给我的想象提供了路径和依据。古城建筑中最突出是学院、学署、文庙、武庙、昭忠祠等文化设施。而粮仓赫然处于城市中心位置，更显示了一种居安思危的时代气息，尤令人印象深刻，也给今天的人们留下了启示。

如果说战争乱世考验的是勇气和胆识，那么承平时期首先要求的则是信念与智慧。明代陈以勤、陈于陛父子相继成为朝廷宰辅，并获得当时乃至后世广泛嘉许，也为嘉陵江文化增添了一抹亮色。

所谓承平之世，并非没有矛盾一派祥和，陈氏父子所处的明嘉靖、万历年间，也是各种矛盾积累，官吏贪腐盛行，

南宋顺庆府复原模型（南充顺庆府署旧址陈列馆）

社会戾气加重，朝廷明争暗斗激烈。出身于顺庆府水西里（今南充李渡镇）一个书香家族的陈以勤，是嘉陵江流域典型的"学习型"人才。嘉靖二十年（1541年），30岁的陈以勤以深厚的功底和出色的策论中进士，成为翰林院庶吉士（初级秘书），后为裕王朱载垕的"讲官"，因与皇室亲近，权臣严世蕃有意拉拢，陈以勤不为所动，只是尽心辅佐裕王，前后九年，深受信任。陈以勤在嘉靖年间已升任"侍读学士，掌翰林院"，在此期间主持《永乐大典》重录工程的实施，其学术专长得以充分发挥。

嘉靖之后，裕王朱载垕继位为隆庆皇帝。陈以勤成为内阁宰辅，常以条呈方式提出施政建议，多数得到采纳，隆庆初期出现政通人和的局面。雍正《四川通志》对此评价道："于时岩廊画一，海宇和宁，以勤之功居多焉。"

到后来，隆庆皇帝重用宦官，"御政无所裁决"，大臣之间互相倾轧，朝廷上下无所作为。陈以勤不愿卷入政争，保持中立也很难，干脆"引疾求罢"，申请退休，最后以兼太子太师荣誉回归故里终老。隆庆帝为其赐谥"文端"。

对于文端公陈以勤在朝廷矛盾旋涡中保持自我、终得善果的结局，曾任吏部尚书，却善于弄权，媚上欺下，最终被革职离朝的高拱，留下了一句发人深思的评语："南充，哲人也。"（《明史·陈以勤传》）

宋明时期的南充县，为顺庆府附郭，即府署所在地。高拱这个评语，既是对南充人陈以勤的由衷佩服，也是对南充这块质朴、智慧之地的高度赞赏。读到这里，我不禁哑然失笑，坏人有时候也能说出良言，毕竟他有机会看到更多人性的真相。

陈以勤之子陈于陛，隆庆二年（1568年）进士，与父亲相似，也以深厚的学识和正直的为人，在明朝七色杂陈的官吏史上留下自己的印痕。陈于陛的从政生涯主要在万历朝代，历任侍讲学士、礼部右侍郎、礼部尚书、东阁大学士、文渊阁大学士、太子太保，地位显赫。而终其一生，陈于陛都保持了学者的身份和品位，其主要贡献也是在学

1553年顺庆知府沈贞白建嘉陵江浮桥图（南充顺庆府署陈列厅）

术上。《明史》说他："少从父以勤习国家故实，为史官益究经世学。"

万历二十一年（1593年），陈于陛上书请撰修"本朝五史，备一代记载"，并确定了修史的主要规则和方法，为中国史学发展提出了规范化的新思路。万历皇帝采纳了他的意见，命陈于陛领衔组建修史馆。陈于陛为此尽心竭力，"省览日或不暇，辄夜继之"，三年之间搜集整理了大量档案资料，他本人也因此耗尽了心力，于万历二十四年（1596年）去世。一年之后，皇城失火，史料被焚，陈于陛期待的修史无果而终。

往者有鉴，来者可追。陈于陛的史学思想与实践，对其后的史学进步产生了影响。明朝后期，《国朝献征录》《史概》《史窃》《国史》等历史著述大量出现。明朝廷也对陈于陛给予充分肯定，"赠少保，谥文宪"，"终明世，父子为宰辅者，惟南充陈氏"（《明史·列传·陈于陛传》）。

起始于谯周、陈寿安汉的历史著述传统，经明代陈氏父子在更广平台上的传承，在嘉陵江流域成为"显学"。到了近代，更有蓬安伍非百（1890—1965年）的墨学研究、南充任乃强（1894—1989年）的巴蜀史研究，以及以西山书院（四川师范大学前身）为基地的现代史学研究，为嘉陵江文化奠下了坚固的学术基石。

卷八 血性嘉陵

> 气敌万人将,独在天一隅。向使国不亡,功业竟何如!
> ——南宋文天祥《张制置珏第五十一》

一、余玠与长嘉八柱

宋理宗时代，嘉陵江面临的危机与考验是空前的，也是全流域性的。绍定年间胡元琰的顺庆府备战仅仅是一出战争大戏的序幕，主要剧情从余玠开始。

余玠，字义夫，蕲州（今湖北黄冈）人，早年从军，从基层军官起步，一直做到大理寺少卿、兵部侍郎。余玠曾与蒙军多次交手，成功解除了汴梁、淮北、江南等地的危局，被称为常胜将军。

淳祐元年（1241年），南宋遭受蒙军大举进犯，西南战火尤其炽热。就在当年成都被围，四川制置使陈隆之艰难坚守数月，终因手下部将夜开城门降敌，成都陷落。陈隆之被蒙军俘获，与全家数百人一齐被杀。恰在这时，四川制置副使兼知重庆府彭大雅因所谓"贪黩残忍，蜀人衔怨"，遭到参劾解职（十年后追诏复职，但人已去世），全川防务出现巨大漏洞。

淳祐二年（1242年），宋理宗诏余玠紧急入蜀，出任四川安抚制置使兼知重庆府，主持全川抗蒙大计，并赋予"事干机速，许同制臣共议措置，先行后奏"之权。余玠临危受命，当即立下誓言："玠亦自许当手挈全蜀还本朝，其功日月可冀。"（《宋史·余玠传》）翻译成现代语就是："给我十年时间，我将还国家一个完整的巴蜀！"

话虽如此，形势却不容乐观。余玠到任时，外有蒙古大军压境，内有吏治腐败、民生凋敝。一些将领害怕与蒙军作战，畏战情绪弥漫军营。

余玠先从内部治理入手，制定轻徭薄赋政策，鼓励农户发展生产，耕种储粮。接着整顿吏治，裁减冗员，奖勤罚懒，惩治一批欺压百姓的军官，直至果断处决有"王夜叉"之称的利州都统制王夔。内部稳定后，余玠便着手调整防御部署，打造以重庆为大本营的抗蒙体系。

为延揽人才打开局面，余玠在帅府附近修建招贤馆，公开宣布：凡建言人，近者可直接面谈，远者可向州郡建议，所在州县官吏务须礼貌接待，凡有建议获采纳者必予奖赏。这样的措施收到了效果。播州（今贵州遵义）冉琎、冉璞兄弟前来面见余玠，提出"迁徙州城，巩固西蜀"之计。并建议在合州钓鱼山筑城，利用临江倚崖地势，形成关隘防御堡垒，以此为中心，构筑连接果州（今南充）、蓬州（今蓬安）、渠州（今渠县）、泸州等城的军事体系，发挥步兵特长，限制蒙古骑兵优势，达到扬长避短，克敌制胜的目的。

余玠采纳了冉氏兄弟的建议，"卒筑青居、大获、钓鱼、云顶、天生凡十余城，皆因山为垒，棋布星分，为诸郡治所，屯兵聚粮为必守计"（《宋史·余玠传》）。

据当代四川、重庆地区宋元时期古城遗址联合考古发掘成果，南宋淳祐年间，余玠主持修建、改造及重置功能的古代城堡二十余座，合称"川渝山城防御体系"。其中剑阁苦

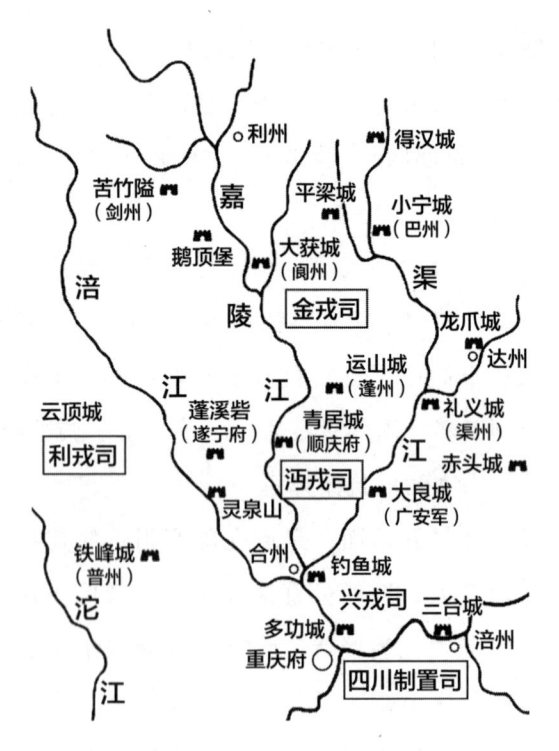

南宋川渝山城防御体系示意图（重庆考古）

竹隘、苍溪大获城、金堂云顶城、蓬安运山城、南充青居城、通江得汉城、合州钓鱼城、奉节白帝城被称为"长嘉八柱"，是防御的中坚力量。重庆府城则是整个川渝抗蒙体系的总指挥部，俗称"余玠帅府"。

2010—2012年，考古专家在重庆太平门老鼓楼衙署遗址，发掘出土大量宋代文物和房址、道路、水井、排水沟、礓石堆等。遗址里一座高台镶嵌的"淳祐乙巳西窑城砖""淳祐乙巳东窑城砖"清晰地显示出建筑年代，由此证实了全川抗蒙防御体系"余玠帅府"的存在。该考古成果被列入2012

年全国十大考古发现名录。

"长嘉八柱"中除云顶、白帝两城外,其他六座城都在嘉陵江流域,加上重庆府城,嘉陵江成为阻挡、迟滞蒙古铁骑横扫欧亚大陆的最大战场之一。

南宋淳祐二年至十二年间(1242—1252年),余玠励精图治,川境经济社会发展,防御战略积极主动,多次出击获胜,致使蒙军长期徘徊在四川以西不得东下。诸如淳祐十年冬,"玠率诸将巡边,直捣兴元大元兵,与之大战。十二年,又大战于嘉定"等军事胜利,为史籍所铭记。余玠兑现了"以日月可计之期还朝廷一个完整巴蜀"的承诺。

然而余玠却未能摆脱宋代武将最终结局不善的厄运。宝祐元年(1253年),在四川抗蒙战争中立下殊勋的余玠,受到朝廷权臣攻讦,被控以"聚敛罔利、兵苦征戍、民困征求"等罪。宋理宗下诏剥夺其军权,调离四川回朝廷听令,后又"追削资政殿学士"之职。余玠面临与岳飞相似的遭遇,深感不安,于重庆帅府"暴卒"。余玠之死是自杀、他杀,还是病故?史籍多含糊其词、相互矛盾。地方志记载的是,"(余玠)治蜀十年,能绩懋树。以谗召还,卒。巴蜀悲之,祀名宦"(清乾隆《巴县志·军功》)。

五年之后,依然是宋理宗宣布,为余玠恢复名誉,"宝祐六年十一月,诏追复余玠官职"。余玠与其前任彭大雅遭遇了相同命运,全川抗蒙进程绕了一大圈,回到原点。

二、苦竹隘与蒲氏祠

余玠留下的"任责全蜀"职位空缺,使川渝抗蒙防御网再现漏洞。朝廷一时找不到能打硬仗的将领,十个月内四川三换其帅。先是"以余晦权刑部侍郎、四川安抚制置使、知重庆府兼四川总领财赋",接着"以李曾伯为资政殿学士,依旧节制四川",最后于宝祐二年(1254年)闰六月,"诏蒲择之暂权四川制置司事"。

余晦是宁波人,不熟悉四川,上任后连吃败仗。李曾伯生于嘉兴,是个文官,也不熟悉川情,短期内无所作为。蒲择之则是本土人才,顺庆府渠州人,绍定五年(1232年)进士,在朝廷官至礼部尚书。虽然也是文官,却熟悉四川,尤其是嘉陵江流域的乡土民情。宋理宗选用蒲择之回川任职,正是看中他这点。蒲择之没有让理宗的期待落空,到任后立即到抗蒙一线考察军情,巩固防线,并把首战的谋划放在了嘉陵江上游的剑州苦竹隘。

苦竹隘是"长嘉八柱"北端第一城,位于剑州小剑山顶,是剑门关西侧的第二道关隘,地势险要。当地人把剑门关和苦竹隘称作前门关和后门关,为古蜀道上具有"双保险"性质的防御关隘。

两道雄关的不同之处在于,剑门关设在两山峡谷间,以险取胜,一夫当关、万夫莫开。而苦竹隘坐落在小剑山之上,山顶地面开阔、纵深很宽,更适合大军驻守。余玠按照播州冉氏兄弟"迁徙州城"的建议,把川渝防线上多地州城移往"长嘉八柱"等防御关隘上,形成可以长期驻守的关城。苦竹隘亦称苦竹寨,和平时期的寨在战时则变身为城,此正是"山城防御体系"之内涵所在。淳祐后期,利州路隆庆府治普安城(今剑阁)被蒙军攻占,剑门关亦已无险可守,余玠便把隆庆府治移到苦竹隘内,成为军民一体抗击蒙军的前线堡垒。

这样的前线堡垒,自然也是蒙军入川的重点攻击对象,其承受的压力空前巨大。就在蒲择之就任蜀帅的宝祐二年(1254年)春夏间,蒙古军队大举南侵,对利州、阆州、隆庆采取筑垒围困战术逼其投降。隆庆守将南永忠顶不住压力,带领部众开城降敌。之后又带着蒙军进逼利州孤城,对利州知府王佐劝降。王佐断然拒绝降敌,在城楼上痛骂南永忠背叛国家、认贼作父,骂得"永忠流涕而退"。

同年(1254年)初冬,苦竹隘遭到蒙军猛烈进攻。蒲择之与守城宋军浴血奋战、顽强抵抗。蒙军久攻不下,转而再使叛将劝降手段,逼苦竹隘就范。这次仍然是隆庆叛将南永忠,派出部将周荣去苦竹隘劝降。周荣本来就不愿降蒙,趁此机会与宋军都统制段元鉴,秘密商议里应外合为苦竹隘解围之策。周荣后被南永忠察觉,酷刑之下坚守秘密,不屈而死。

这个类似"谍战"的真实事件,令蒙军从内部瓦解宋军之计归于失败。苦竹隘久攻不下,蒙军兵损严重,不得不解除围攻,撤军回到兴元府(今汉中)。苦竹隘保卫战告捷,记入理宗朝廷档案——"(十二月癸未)四川苦竹隘捷至"(《宋史·理宗本纪》)。

苦竹隘将士浴血图浮雕（剑门关博物馆）

三年之后，苦竹隘再遭蒙军围攻。而宋军早有准备，在蒲择之及朱禩孙、蒲黼、杨大渊、韩勇四位将领率领下，打出漂亮反击战，"（宝祐五年五月）辛巳，复剑门垒"。

此"剑门垒"即剑门关。苦竹隘和剑门关反击战改变了宋蒙两军在川北战场的攻守态势。蒙军不得不暂停嘉陵江上游地区的攻势，将用兵重心向蜀东忠州、涪州、夔州方向转移。

苦竹隘成为川渝抗蒙前线第一堡垒，在宋理宗时代坚持了二十余年，直到宝祐六年（1258年）被蒙哥攻破。其间亦不乏英勇壮烈、可歌可泣的历史瞬间令人缅怀。

在此之前的淳祐十一年（1251年），曾经率军横扫欧亚大陆的蒙哥登上汗位，在整合蒙古诸部，巩固权力后，便开始继续推进由成吉思汗开创的征伐之战，不断扩大版图，先后平定大理，远征西域，攻取高丽等多个地方。随后，蒙哥与其弟忽必烈、大将兀良台兵分三路，对南宋发起全面进攻，蒙哥亲率主力入川作战。

宝祐六年秋，蒙哥率军入大散关，经陈仓故道进驻汉中，着手筹划摧毁宋军的"山城防御体系"，他也把首战定在了最难啃的"骨头"苦竹隘。

一年前由宋军"谍战英雄"周荣主演的那幕劝降戏，在同一舞台苦竹隘再次上演，只是主角换了新人。由蒙哥派出的这位劝降先生，是不久前在马湖之战中俘获的宋军都统制张实。过于自信的蒙哥没有料到，本来就无意投降的张实，进入苦竹隘后立即与守将杨礼一道，针对蒙军的意图，加强了防御部署，令蒙军无机可乘。

直到这年冬十月，蒙哥调集大军强攻苦竹隘。蒙军先锋史枢带一支特战精兵，于夜间缒绳潜入隘城侦察，摸清了宋军防御部署，找到了薄弱处。第二天蒙军有针对性地发起猛攻，对苦竹隘军民展开疯狂杀戮，致使城内军心动摇，裨将赵仲私自打开东南门逃跑。蒙军主力迅速攻入城内，苦竹隘失守。宋军主将杨礼在巷战中拼到最后一刻阵亡。

都统制张实再次被俘，仍坚不投降。蒙哥对这位竟敢耍弄自己的宋军战将恨之入骨，破城之前即对部下发出针对张实的处置指令："必生致，获之，磔以徇。"张实被残酷地五马分尸。史籍记载的苦竹隘最后结局是，"师入，杨立巷战死。获张实，肢解之"（《续资治通鉴·宋纪》

卷一百七十五）。

川渝抗蒙"长嘉八柱"第一堡垒苦竹隘失守并遭受"屠城之害"，其直接的后果，便是嘉陵江上游地区尽被蒙军攻占，川渝山城防御体系北端破防，蒙军顺江而下大举进攻，宋军防线面临崩溃。

宝祐六年（1258年）十一月，苍溪大获城被蒙军攻陷，坚持抵抗的奉议郎兼阆中分金赵寅被俘，"不屈而死"。守将都统制兼知阆州府杨大渊，在敌众我寡的形势下，为保全城军民性命，宣布放弃抵抗，但大获城仍被蒙军焚毁。

利州转运使、蓬安运山城守将施择善，面对疯狂蒙军，带领守军英勇抵抗。最终因部将张大悦背叛降敌，众将士殒命。施择善亦与赵寅一样，"不屈而死"（清雍正《四川通志·武功》）。

苦竹隘与嘉陵江诸城破防之时，蜀帅蒲择之正受朝廷之命，率领宋军主力进军川西，欲解金堂云顶城之围，并夺取成都平原的控制权。开庆元年（1259年）春正月，蒲择之率部进入云顶城，却因镇守涪江箭滩渡防敌增援的刘整部队被蒙军击溃，云顶宋军反有陷入敌方合围之险。蒲择之不得已撤出，云顶城陷落。而此时川北、川东防线均已告急，宋理宗只好令蒲择之放弃成都，"诏蒲择之、马光祖战守调遣，便宜行事"（《宋史·理宗本纪》）。

之后，南宋朝廷又以"蜀帅蒲择之以重兵攻成都不克"及"坐密通蜡书叛贼罗显"等理由，对其追责解职。蒲择之没作任何申辩，默默回到老家渠州，归隐山林。之后坚决拒绝蒙元政府召其出山，直到终老。

多年以后，居住在四川渠县三汇镇的蒲择之后裔，为这位先祖修建一座祠堂以为祭祀。我去三汇参观这处明代建筑，看到地坝前两柱高达20米的双斗石桅，询问其来历与功能。一位73岁的蒲氏后人说，他父亲还是小孩子的时候，看到众人在祖祠立石桅，好奇地问这个能做什么，主持仪式的老人笑问他想要什么，回答说要雨。话刚说完，大雨即至。石桅在风雨中挺立数百年，直至今日，这两柱极具巴蜀文化特征的石制祭祀标志，与蒲氏宗祠一道，被列为四川省重点保护文物。

渠县三汇镇蒲氏宗祠文物

三、得汉城与青居山

在南宋川渝山城防御体系中，通江得汉城是一个十分独特的存在。从地理位置看，它远离嘉陵江正流，在嘉陵江左岸最大支流渠江上游，偏居大巴山下，似乎与宋蒙战争主战场相距遥远。而事实上，得汉城却在这场关乎国运的战争中，扮演着独撑一方的重要角色，原因在于得汉城占据着大巴山洋壁道要隘。

米仓山是秦岭—大巴山脉南部群山总称，为川陕两省界山。先秦时期开辟秦蜀古道，其中纵贯大巴山连接四川盆地与汉中盆地的道路，因大量稻米由此输往关中，故称米仓道，米仓山因此得名。作为川陕交通捷径，米仓道实际由多条通道构成。其中由陕西洋县通往四川通江（古称壁州）的一条山道名为洋壁道，得汉城即位于洋壁道上。楚汉相争时，刘邦据汉中，丞相萧何在此屯兵储粮，助刘邦击败项羽，夺取天下，刘邦特赐名"得汉城"。在汉代出现的地名中，"得汉"与"安汉"在嘉陵江流域保留至今，历史悠久，皆为刘邦赐名。

南宋绍定四年（1231年），蒙古监国拖雷"假道伐金"，入大散关，首次占据汉中。其后又数次进出汉中，并尝试由米仓道进入川境。

南宋蜀帅余玠有鉴于此，在淳祐年间建川渝山城防御体系时，便把得汉城纳入"长嘉八柱"重点经营。明代学者曹学佺在《蜀中名胜记》里记载，余玠曾于淳祐九年（1249年）"亲临得汉城山，视其形势，授都统制张实躬率将士，因险垒形，储粮建邑，为恢复旧疆之规"，可见其对这处山城的重视。

张实即后来在剑州苦竹隘被俘遇害的宋军将领。在此之

通江得汉城清代崖壁题刻"雄镇巴西"

前,他曾受命主持过巴州平梁城、平昌小宁州城、合州龙多山城的修建,深得余玠信任。在张实的主持下,得汉城被打造成一座据险而守的坚固城堡,800年来栉风沐雨,挺立至今。城边崖壁留下的历代刻字记录了这座古城经历的世纪沧桑。

宝祐元年(1253年),蒙哥大汗率军再据汉中,以此为大本营兵分三路进攻四川。其中一路即走米仓山洋壁道,攻击得汉城,以抄宋军后路。宋军据城坚守,多次击退攻城蒙军。在苦竹隘和大获城等沿嘉陵江诸城陷落后,通江得汉城仍坚持抗敌,并与巴州平梁城、渠州礼义城等互为犄角,牵制蒙军对合州钓鱼城的进攻。直到南宋咸淳九年,亦即元朝忽必烈至元十年(1273年),得汉城在四壁皆破、外援尽失的境况下,最终被攻破。而此时华夏大地已大部归属元朝。

与得汉城遥相呼应的青居城,则经历了更为复杂多变的命运考验。

"长嘉八柱"嘉陵江沿线的苦竹隘、大获城、运山城，及通江得汉城等多为凭山据险而建，与嘉陵江水道距离较远，唯有青居城和钓鱼城直接临江。

宋代青居城，在今南充市高坪区青居镇，亦称"淳祐故城"。与钓鱼城相较，三面环水的青居城更靠近江岸，能够有效利用嘉陵江水道运送兵员和物资，可以发挥山城防御体系交通枢纽的功能。因此，当时的蜀帅余玠十分重视青居城，委派爱将甘闰负责筑城。南充地方史料记载，淳祐九年（1249年），甘闰在青居山依山筑城，之后亦采播州冉氏兄弟"迁徙州城，巩固西蜀"的建议，将顺庆府治迁往青居城。青居山东岩石壁上有唐代所刻药师佛、观音菩萨和老子像，但已严重损毁。"甘大将军履地兴版筑之役，一见怜之，为除丛秽，立精舍，补圣像之所缺，施金碧而妆饰之。"（南充青居城《重修东岩记》碑铭）

宝祐六年（1258年）十二月，蒙哥亲率大军进逼青居城。其时位于青居城上游的嘉陵江诸城已陷于敌手，青居城处于孤立无援境地。而此时镇守青居城的，正是曾在苦竹隘击败过蒙军的宋军主将段元鉴。正当他精心筹划如何再次击败强大蒙军时，其部将刘渊却被蒙哥向参战蒙军将领发布的一条指令所震慑。该指令称："国制：凡敌人拒命，矢石一发，则杀无赦！"（元苏天爵《元朝名臣事略》）

此指令后来被学界称为蒙元历史上最为血腥的"屠城令"。刘渊最后将段元鉴杀害，举城投降。

占领青居城后，蒙哥将自己的大本营设立于此，作为蒙军向合州、重庆及川东、川南地区发起军事行动的总指挥部。蒙元军队先后在青居城设置过"征南都元帅府""东川都元帅府""东川统军司"等机构。其后若干年，蒙元军队向合州钓鱼城发动的所有进攻，几乎都由青居城指挥调度或直接发起。到南宋景炎三年（1278年），蒙军完成对四川大部的占领，元朝将战时所建军事统帅机构转为民政衙署，顺庆府由青居山迁还南充旧城北津渡。青居城作为蒙元川渝地区最高军政指挥机关存在了20年。

青居城的军事战略地位如此重要，南宋抗蒙将士亦没有完全放弃，多次发起反攻。

南宋景定二年（1261年）夏，宋将昝万寿率战船二百艘，从嘉陵江下游出发，溯江而上反攻青居城，与蒙将汪良臣在青居段嘉陵江上展开激烈水战。因蒙军早获情报，提前防备，"良臣伏甲数十艘其后，身先逆战，万寿败走"（《元史·汪良臣传》）。此战虽未达到夺取青居城的目标，却让蒙军感受到了宋军的决心和实力，不得不加强防御，相应减轻了钓鱼城方向的压力。

景定四年（1263年），宋军由时任四川安抚制置使兼知重庆府刘雄飞率领，再次进攻青居城，被蒙将阿哥潘击溃。

德祐二年（1276年），宋蒙战争进入最后相持阶段，此时的蜀帅是四川安抚制置副使兼知重庆府张珏。面对艰难战局，张珏没有保守避战，而是采取主动出击策略，以打乱蒙军的进攻节奏。他派出部将赵安领兵走山路夜袭青居。赵安对青居城发动火攻，收到奇效，将敌方守将刘帅抓获，之后迅速撤离。元代史籍记载："（元蒙东川统军司主帅）贞肃去清居，敌夜大至，火民居，缚刘帅去。"（元姚燧《便宜副都总帅汪公神道碑记》）

四、钓鱼城与制置司

毫无疑问，钓鱼城在南宋打造的川渝山城防御体系中处于核心位置，发生于此的宋蒙两军攻防战事频繁且激烈，影响深远。对于南宋抗蒙形势整体而言，"钓鱼城在，重庆还能坚持，钓鱼城丢了，重庆也就完了。重庆一完，四川也完了，四川一完，中国就没有了"。

最先听到此语，是在40多年前，说这话的是我的舅父。舅父并非什么学者，他只是合川城的一个普通居民，职业是裁缝，在梓桥街上因手艺好受人尊敬。不过在我母亲一家人里，舅父在私塾读了五年，是读书最多的一个。在我童年的印象中，舅父就是知识渊博的人，谈天说地，特别有趣。

那年春节，我与家人去合川过年，舅父特别安排我们去爬钓鱼城。那时没有上山公路，嘉陵江上也没有桥。我们一大早乘渡船到钓鱼山下，上岸后便开始数石阶爬钓鱼城。负责计数的是我三岁的儿子，我把他驮在肩上让他学习数数。他很开心，一路大声叫喊："一，二，三，四，五，六，七，八，九，十"。之后却是"一十，二十，三十……""一百，二百，三百……"竟然数到了三千步，引得他舅爷大笑不止！

那之后，我又多次登上钓鱼城，但从江边到护国门的石阶到底有多少步，至今也没数清楚。南宋时，蒙军在数十年间对钓鱼城发动了一次又一次进攻，但他们自始至终没有将钓鱼城攻下来。估计除了筑城和守城的宋军将领王坚、张珏、王立之外，包括蒙哥、汪德臣、史天泽在内的蒙军将帅，没有谁数清楚过钓鱼城的石阶。

史籍记载蒙军最早的进攻，发生在南宋宝祐二年（1254年），"六月甲辰，四川制司言，合州、广安军北兵入境，王坚、曹世雄等战御有功"（《宋史·理宗本纪》）。

其后几年较为平静，原因在于蒙哥刚登上汗位，忙于内政及外线作战，尚未顾及四川战事。到宝祐六年（1258年），蒙哥亲率大军入川后，嘉陵江沿线便成为宋蒙战争的主战场，苦竹隘、大获城、运山城等相继被攻破。其后，蒙哥对钓鱼城发起的几次进攻都是大战：

> 开庆元年（1259年）二月，蒙古主自鸡爪滩渡，直抵合州城下，俘男女万余。坚力战以守，蒙古主会师围之。
>
> 六月，合州受围。自二月至于是月，王坚固守力战，蒙古主屡督诸军攻之，不克。前锋将汪德臣选兵夜登外城，坚率兵逆战（汪德臣死于此战）。
>
> 七月，癸亥，蒙古主殂于钓鱼山，寿五十二，后追谥桓肃皇帝，庙号宪宗。史天泽与群臣奉丧北还，

于是合州围解。

——《续资治通鉴·宋纪》

这里记载的"蒙古主",即蒙哥,纳入元朝皇帝序列为元宪宗。从二月到七月的半年里,蒙哥似乎只专心干一件事,就是攻打合州城。而此时的合州城即钓鱼城,此前由蜀帅余玠主持修筑,并将州城从嘉陵江与涪江汇合处迁到钓鱼山上,成为"钓鱼城"。

而宋军守城主将王坚,已在钓鱼城坚守了很久。自宝祐二年(1254年)起,王坚一直担任兴元都统制兼知合州,承担着守卫嘉陵江下游门户,也是四川制置司所在重庆府城的第一道防线等重大责任。

关于开庆年间的钓鱼城守卫战及蒙哥之死的真相,鉴于正史记事的简略性限制,历史上一直争论不断。能够补充史实细节的,只能是来自民间的个人著述。迄今为止,我所读到的最接近真相的描述,是一篇题为《合州钓鱼城记》的明代文献。清雍正《四川通志》在收录此文时,注明"旧志未载名氏",也就是没有作者署名。尽管如此,亦弥足珍贵。

该文除对钓鱼城自然环境、古城建筑、守卫部署、军民协作等有详细描述外,还特别提到城中有一塘养鱼池,"周回一百余步,名曰天池。泉水汪洋,旱亦不涸,池中鱼鳖,可掉舟举纲"。

这个天池保存至今,为钓鱼城一处重要景点。有趣的是,该文接着记述,守城官兵让天池在战斗中发挥了特殊作用。

为了不致误读,全段引述如下:

> 巳未岁值大旱,自春至秋,半年无雨。北兵围逼其城,意城中无水,急攻之,一旦至西门外,筑台建桥楼。楼上接桅,欲观城内之水有无。城内知其计,置炮于其所。次日宪宗亲率其兵于下。珏命城中取鱼二尾,重三十斤者,蒸面饼百数,俟缘桅者至其竿木,方欲举首发炮击之。果将上桅人远掷身殒百步之外。即遗鲜活之鱼及饼以赠,谕以书曰:尔北兵可烹鲜食饼,再守十年亦不可得也。时北兵遂退。宪宗为炮风所震,因成疾。班师至愁军山,病甚,遗诏曰:我之婴疾,为此城也,不讳之后,若克此城,当赭城剖赤,而尽诛之。次过金剑山温汤峡而崩。

——无名氏《合州钓鱼城记》

(清雍正《四川通志》)

这段记述大意是说,进攻钓鱼城的蒙军为观察城内情况,在距城不远的山头搭了一座高台(桥楼),再竖上一根桅杆,然后爬上桅杆查看。守城宋军开炮将桅杆上的蒙军侦察兵轰下摔死。宋军守将张珏让士兵将天池打上来的鲜鱼,连同面饼及一封信,用抛掷器投掷给蒙军。信中用嘲讽的语气警告蒙军:即使再打十年,也攻不下钓鱼城。

这次开炮的另一个重大战果是,蒙哥"为炮风所震",

177

《合州钓鱼城记》记载蒙哥之死（清雍正《四川通志》）

在班师回蒙途中因伤重不治，在金剑山温汤峡（在今重庆北碚，明清时属璧山）驾崩。"炮风"译成今词，就是冲击波。说明蒙哥的确是居前指挥，涂火药的礌石炮弹落点距他很近。这也是蒙哥死于钓鱼城炮火之说的依据。

此段记述还留下一条关系钓鱼城最终命运的信息，蒙哥伤重时给身边将领留下遗旨："若克此城，当赭城剖赤而尽诛之。"意即一旦打下钓鱼城，定要血洗全城，杀掉所有的人！

不过，当蒙元军队最终于至元十六年（1279年），在钓鱼城攻防战中获胜时，继承蒙哥汗位的元世祖忽必烈，并没有执行其兄的遗旨。此前已经接受华夏文化的忽必烈，诏令元军前线统帅与宋军钓鱼城末任守将王立达成投降条件："鱼城既降，诸军毋得擅便杀掠，宜与秋毫无犯。"（明无名氏《合州钓鱼城记》）

据四川地方史志记载，1279年钓鱼城军民归顺元朝之时，南宋都城临安已在三年前陷落，改设为元朝廷管辖的两浙大都督府。南宋朝廷流亡三年后，亦于1279年彻底退出历史舞台。

补充一下，关于蒙哥受炮击丧命时的宋军钓鱼城守将，《合州钓鱼城记》只说到张珏，而正史记载的主将则是王坚——"（1259年）六月，合州受围，自二月至于是月，王坚固守力战，蒙古主屡督诸军攻之，不克……秋七月癸亥，蒙古主殂于钓鱼山"。此时张珏为王坚的副将，"珏与王坚协力战守，攻之九月不能下"。（《宋史·张珏传》）

典籍亦有差错，本是常见现象，留意鉴别，即不妨碍对史实的认知。倒是历史人物的命运，更能引发当代人的反思。与余玠、蒲择之两位蜀帅相似，王坚的结局也令人慨叹。宋景定元年（1260年），王坚因权臣贾似道"忌其功"而被调离重庆，在朝廷及地方任若干闲职后，于景定五年（1264年）郁郁而终。咸淳四年（1268年）南宋朝廷似乎又想通了，为这位忠臣"赐庙额曰报忠"。

巴蜀抗蒙战场的最后一位主人公张珏，则以一种最为刚烈的谢幕演出，为嘉陵江文化染上了发人深思的血色。

史籍和地方志记载，张珏出生在凤州（今陕西凤县），是喝着嘉陵江源头之水长大的。十八岁从军，以战功成为中军都统制。景定四年（1263年），王坚调离后，张珏任利东安抚使兼知合州，为宋军钓鱼城主将。

张珏一生的主要功绩，便是坚守钓鱼城和重庆城。他在钓鱼城攻防战中多次主动发起对蒙军的反攻，屡有出奇制胜之举，因而被朝廷寄予厚望。然而国运之变，却让张珏的军功更多地涂上了悲壮色彩。

德祐元年（1275年），张珏出任四川制置副使兼知重庆府，成为"长嘉八柱"最后堡垒的主帅时，重庆周边除钓鱼城外，多地已经失守。"秋七月壬辰，昝万寿既降，两川郡县多送款，独张珏固守重庆不下。元主建东西行枢密院，会兵围之"。（《续资治通鉴·宋纪》）

张珏在被蒙军重重围困，又失去支援的艰难境况下，仍坚守了三年。直到景炎三年（1278年），元蒙大军对重庆城发起总攻。张珏的部将赵安、韩忠显打开镇西门投降，重庆城破防。张珏坚决拒绝投降，率众与元兵在城内展开巷战，终因寡不敌众，被迫弃城突围。在被蒙军俘虏后，张珏不甘受辱，解下弓弦自缢而亡。

南宋后期的四川制置司迁入重庆城，数十年间成为全川抗蒙总指挥部，并与钓鱼城一道成为支撑川人坚持守土抗战的"精神堡垒"。800年后，重庆老鼓楼衙署遗址展开大规模考古发掘，以无比丰富的文物成果，让古代文献记载的历史生动再现。参观衙署遗址，我仿佛看见一个个血性刚烈的巴蜀硬汉,从嘉陵江上游、中游、下游那些历经血战的山城走来,向今人讲述那个朝代的不朽传奇。对于故事的主人公,我虽知之不详,却心存敬仰,故不敢私藏,简呈于下:

余玠,蕲州人,治蜀十年,能绩懋树,以馋召还,卒,巴蜀悲之,祀名宦。(参看清乾隆《巴县志》)

蒲择之,渠县人,绍定间进士,历礼部尚书。淳祐中元人犯蜀,以择之为制置使,有却敌功。(参看清雍正《四川通志》)

何震之,权巴州知府,守城死于兵。(参看《宋史·理宗本纪》

向佺,通江人,巴州知府,守得汉城、白土坪等击退蒙军,战有功,驰援洋州阵亡。(参看《宋史·理宗本纪》)

郑炳孙,隆庆教授,不从南永忠降,着朝服自缢。(参看《宋史·理宗本纪》)

王佐,隆州鹅顶堡守将,蒙古主进攻,城破,王佐死焉。翌日,蒙古主入城,杀佐之子及徐昕等四十余人。(参看《续资治通鉴·宋纪》)

赵寅,西充人,登进士第,官至奉议郎、阆中分金,有气节,元兵至(苍溪大获城),不屈而死。(参看清雍正《四川通志》)

施择善,宝祐六年为蓬州连山转运使,元兵入剑门,连山守将遂以城降,择善不屈而死。(参看清雍正《四川通志》)

周荣,隆庆部兵,密约段元鉴入隘解围,事觉就擒,不屈而死。(参看《宋史·理宗本纪》)

杨礼,隆州知府、苦竹隘守将,(蒙古)师入,杨礼巷战死。

（参看《续资治通鉴·宋纪》）

张实，都统制治军旅，苦竹隘守将，（蒙古）师入，获张实，肢解之。（参看《续资治通鉴·宋纪》）

段元鉴，都统制，青居城守将，坚守城壁，殁于王事，封"二字"侯，立庙赐额。（参看《宋史·理宗本纪》）

王坚，邓州人，都统制兼知合州，钓鱼城固守力战，蒙古主屡督诸军攻之不克，炮风蒙古主殂于钓鱼山，卒赐谥忠壮，赐庙额曰报忠。（参看《续资治通鉴·宋纪》）

张珏，凤州人，四川制置副使兼知重庆府，率兵巷战不支，铁木儿追及于涪，执之送京师，珏乃解弓弦自经厕中。（参看《宋史·张珏传》）

名字还有很多，连接起来就是不朽的长城。虽然长城也有被攻破的时候，但正如一位哲人所说："野蛮的征服者总是被那些他们所征服的民族的较高文明所征服。"从拖雷、蒙哥到忽必烈大军，他们虽以野蛮血腥的方式征服了南宋，却在之后全面接受了华夏文化，最终成为中国历史上的一个朝代。在《马可·波罗游记》描述的元代，从宫廷制度到民间习俗，以及语言文字，多是汉朝以至唐宋社会的翻版。"征服者被征服"，宋元时期发生在嘉陵江流域的故事亦证明了这个结论。

卷九 赤色巴涪

东南流,与难江水合,水出东北小巴山,西南注之,又东南流,迳宕渠县,谓之宕渠水,又东南入于汉。

——《水经注》卷二十

一、关坝河与通南巴

回到久违的《水经注》。初读这一段,对"宕渠"一词有些迷惑,也不知难江水是哪条河。后读《南江县志》,始了解其沿革,"南江,汉宕渠县地,梁置难江县,以江水难涉,故以难江名……明正德十一年改名南江,盖以'南'易'难'也"。

这个记述不禁让我大感惊奇,远在川陕界的巴中市南江县,在古代也叫宕渠!这与我所熟知的"渠县古名宕渠"相距甚远,其描述的地域大大超出今达州渠县范围,也与我对渠江这条河的认知不符。

我对渠江的认知最早来自小时候的体验。那年夏天,我家兄妹去乡下躲杀。"躲杀"是我母亲之语,其时社会不宁,时有殴斗,母亲让读中专的哥哥带我们回老家避险。老家只有水库没有河。哥哥酷爱游泳,不满足水库那点"死水",便带我走二十里山路,去小沔镇的渠江游泳。与在重庆长江和嘉陵江的体验不同,清澈、平缓的渠江游起来自由、放松,可以任意打滚儿。那时我便在想,这河水的源头在哪里,又是什么模样。

这年秋天,终于来到了它的源头,才真切感受到渠江的博大,也感受到了"难江"之难。

巴江水道源流图（清道光《巴州志》）

渠江是嘉陵江左岸最大的支流，由巴河、通江、州河三条支流组成。三条河都发源于大巴山，自西而东分别流经四川巴中、广安、达州，以及重庆合川数镇。这使渠江成为嘉陵江流域面积最大、人口最多的支流，几乎独成一支水系。

渠江的西源巴河，古称难江，本身也由数条小河组成。其中最长的关坝河，位于四川南江县与陕西南郑县交界的大巴山西段（当地习惯将其称作小巴山），流经川境最远行政村——关坝镇玉泉村。

小巴山紧邻光雾山风景区，目前尚未开发旅游，不通班车。乡村公路顺着关坝河向上进入小巴山，路陡且窄，还有多处危岩落石区，平时不允许车辆进入。我去寻找巴河源头，多亏县文联和关坝镇热心帮助，开车送我进山。玉泉村委会的李主任担任向导，一路向我介绍情况。

到得半山，李主任突然喊了一声："停！不要下车，关好车窗！"

正不知发生何事，便见一头体形硕大的深棕色野猪出现在公路上，先是亮出獠牙对着车示威性地晃一晃，接着便大摇大摆地擦着车身向下方走去。那神情，仿佛在宣告此山是它的，只要不招惹它，就可以和平相处。

关坝镇乡民的确实现了与野生动物的和平相处。我们下山时又遇到一群自由徜徉的小猪，无人看管。其中一只猪崽毛色与众不同，呈黄褐色。李主任说那也是只野猪，不过有一半家猪血统。乡民把母猪赶到山里林下散养，吸引野猪加入后，产出的杂交猪肉质好、脂肪少、滋味鲜美，售价比普通猪肉高很多。关坝镇何书记补充说，乡民除了在森林里养猪，还养蜂、采野生蘑菇、种植药材和割生漆，近年全镇1800多户人家全部脱贫，离不开林下经济的巨大贡献。

在接近小巴山顶的汪瞎子沟，数股清泉自林间深处流出，淌过长满青苔的石岩，发出窃窃私语般的声响，向下渐成一条小溪。李主任告知，此即巴河源头之水。原来巴河的初始水源是从林间石缝渗出，随雨旱季节变化，位置并不固定，也没有一个山洞之类的地标。村里准备在此立碑标示"渠江源"，方便旅游者进山探源。

玉泉村的想法得到关坝镇和县里支持。一同踏访的县文联副主席老何说："渠江是条大河，源头有无数个。我们这里是渠江西源，除了自然条件，还有历史依据。两百多年前学者卫道凝已经作过考证。"老何是南江本地人，对县情非常熟悉，为我的踏访提供了不少帮助。

清嘉庆二十二年（1817年），乾隆解元卫道凝自郫县来到南江，出任县训导一职，主持文教事务。在任期间，他走遍县境，对山川河流作过系统考察，厘清了主要河流的走向和名称演变。

在卫道凝所著《南江山川道里记》中，南江自陕西南郑县发源时，由大巴山、小巴山之十余股溪水汇成关坝河。其后又有中魁山、米仓山、九龙山之诸水汇入。到南江县城时，因河水环绕城郭恰如一个"几"字，故称几水。之后接纳源出小巫山的罗坪河，在南山坡分水岭东北与水量充沛的沙河相汇，成为一条可通舟楫的大河，谓之巴江。之后在两河口

"会明水，水又益大，至灵应山北之元潭场，逶迤而下归巴州地"。

即是说，南江县之巴河，最先名关坝河，之后叫几水、巴江。巴河自南江始，流经巴中、通江、平昌，直到渠县三汇镇与州河相汇，之后得名"渠江"。今日渠江上游第一河巴河，作为渠江西源头，乃实至名归。只是很久以来真相少为人知，其原因不难理解。与我到过的嘉陵江流域其他州县相比，南江更远，行路更难，学者文人极少到达。正如典籍所记："夫南江地僻而多山，山多则叠嶂层峦，记不胜记；地僻则贤踪杳至，传之无传。"（清卫道凝《南

南江红军文物与任炜璋革命烈士证明书（南江县博物馆）

江山川道里记》）

我对南江的最初认知，是与巴中和通江捆绑在一起的，合称通南巴。而"通南巴"一词，又与近代一群铁血战士的命运紧密相连，他们被称为红四方面军。红四方面军在南江最令人追怀的，是一支被称作独立师的部队，师长任炜璋。

任炜璋，四川南部县人，年轻时学过裁缝，当过兵，进过讲武堂，曾任川军杨森部二十军十八旅旅长，后被杨森削去兵权，调任渠县县长。1932年8月，任炜璋根据中共四川省委指示，率部转移到南江县麦子坪，发动桃园起义，组建川北民众救国义勇军，"据山险行赤化"（南江县博物馆解说词）。

1932年12月，红四方面军入川，建立川陕革命根据地，亦称通南巴根据地。1933年1月19日，川北民众救国义勇军接受中国共产党领导，在南江县赶场溪高壁庵改编为红四方面军独立师，任炜璋任师长。

任炜璋独立师配合红73师，在陈昌浩、李先念指挥下参加了解放鹿角垭、巫山垭、南江城和晋子岭、马桑寨等系列作战行动，对国民党军田颂尧部予以沉重打击。不幸的是，由于敌我形势错综复杂，任炜璋在川陕苏区肃反扩大化中被错误处决。后予以平反，追认烈士。尽管有诸多曲折艰难，独立师最终仍是红四方面军和巴山游击队的骨干力量，以顽强战斗和英勇牺牲的精神，诠释了南江这方土地"蜿蜒磅礴终为钟灵发祥之壤"（《南江山川道里记》）的内涵。

二、诺水河与红军刀

与南江巴河一样，通江也是渠江三大支流之一，为渠江北源。通江长度不及巴河，但对渠江水量贡献最大，因其本身即由两条河构成，分别为小通江、大通江。

小通江古名诺水，其上游板桥段河岸多岩洞。相传土人在河岸呼喊，河水经岩洞发出回声，如人之应答："诺！"故名之诺河。南北朝西魏置诺水县，唐天宝元年（742年）更名通江县，河名亦随之改变。但"诺水"古名并没被完全放弃，今日通江县城所在地仍名诺江镇。

无独有偶，大通江古名宕水，亦得自一种自然现象。大巴山水自陕西西乡县入川境，两岸皆大山，河水跌落深潭，发声洪亮如"宕"，故名宕水、宕渠。此名比诺水得名更早，秦汉置巴郡宕渠县，蜀汉、西晋置宕渠郡，即源于此水名。今日渠县继承了古宕渠名，只是幅员小了许多。

与巴河一样，小通江水量也小于大通江，却以长度取胜。两河从发源地至汇合处的流程，分别为小通江153公里，大通江142公里。我去了小通江河源，其源头在汉中市南郑区碑坝镇广家店村老龙洞村民组。这地名说起来有点绕口，但老龙洞却是一个真实的存在，渠江北源便出自此洞。与我走过的齐寿山西汉水源、代王山故道水源、小巴山巴河源，以及宁强县古汉源相较，老龙洞保持着渠江最具标志性意义的源头样貌。

老龙洞距小通江与大通江汇合处已经很远了。自通江县城诺水镇起,这条河各段众多名称,由下而上依次为:小通江、诺水河、潮河、碑坝河、南岔河、石笋河、龙洞河。由于每个河段都有水源加入,这条河流入川境时已经可以用浩浩荡荡形容了。

碑坝老龙洞村民组所在的米仓山深处,距川陕界约一百公里。老龙洞则在乡村公路尽头,之后是六七百米田埂路和一片青苔和浅沼。我是挽起裤腿,打着赤脚走进去的。

因为尚未进行旅游开发,老龙洞至今保持着原生态样貌。弧形的洞口很低,进去后却是一个大厅似的空间,三面洞壁和头上洞顶渗落而成的水流,从各种阴生植物叶间穿过,流出洞口已然形成一条小河。河水异常清澈,每一口尝起来都是甘甜,令人顿生意外惊喜。原来我看到的这一股嘉陵江源头水,与古人最初看到的清流并无不同。脑海里便自然浮出诗句——"古人今人若流水,共看明月皆如此"(李白《把酒问月》)。

老龙洞渠江源所在的米仓山,有一条蜿蜒盘旋的公路,上起南郑天池梁,下至通江潮水坝,有一个统一的路名——红军路。当地乡民说,这条路得名于20世纪30年代,那时还不是公路,而是一条窄窄的山道。如果不是路边标牌提示,很难想象当年曾有千军万马由此进入通南巴,开辟出一片红色天地。

今日通江城,红军留下的印痕无处不在。红四方面军总指挥部、总政治部、西北革命军事委员会旧址等文物保护单位,红军广场、列宁公园、红军城、将军街等道路景观名称,

通江街巷美术墙壁画

仍镌刻在图书馆石基、当街屋壁、河岸巨岩上的"活捉刘湘""赤化全川""北上抗日"等当年的标语，让人瞬间回到火热年代的激情氛围中。

在县文化馆与文史学者张老师讨论到一个话题：当年红军文物能够保留至今，其背后的逻辑是什么？他随口为我报出一串数字：

红军在1932年12月至1935年2月间，以通江为中心建立川陕革命根据地，进行土地改革，影响川陕两省十多个县，数百万人。

那时通江全县23万人口，45000多人参加红军，很多在战斗中牺牲，仅王坪烈士陵园就安葬了3000多名红军烈士。

1935年春，红军撤离通江后，国民党反攻倒算，发布告称："一家犯法，十家连坐。""4月初，恶霸地主王笃芝率乡

丁推倒红四方面军王坪烈士墓碑，挖掘烈士坟墓900余座。"（1998年《通江县志·大事记》）

而参加长征的红军和留下的巴山游击队继续坚持革命，通江籍红军干部吴仕宏、何正文、傅崇碧等10人成为开国将军。

"当年红军的奋斗和牺牲，浸润着这片土地，也是通江的文化财富，影响着每一个人。今天就连小学生都知道，和平宁静的生活来之不易。譬如当年的苏维埃主席熊国炳，一生就充满了坎坷。"张老师说。

熊国炳（1893—1960年），通江县熊家湾（今属万源县）人，因家贫过继人家，少年失学，曾为猎户，被称为"巴山勇士"。红军入川后，熊国炳被推选为乡苏维埃主席，因工作勤奋、积极支前，受到红四方面军总指挥徐向前称赞。1933年2月加入中国共产党，当选为川陕省苏维埃政府主席，在政权建设、土

川陕苏区颁发的土地使用证（巴中川陕革命根据地博物馆）

地革命、发展生产方面政绩斐然。

1934年，川陕苏区反击国民党军"六路围攻"，熊国炳走乡串户，组织群众向前线红军运送粮食、弹药，救治伤员，为万源保卫战获胜作出重大贡献。

1935年春，熊国炳随红四方面军撤离川陕苏区参加长征。之后不久，其尚未成年的两个儿子被还乡团杀害，妻子赵氏在逃亡途中饿毙。

1936年10月，各路红军会宁会师后，红四方面军部队组成西路军出征河西走廊，熊国炳任西路军军政委员会委员。年底，西路军兵败祁连山。

1937年1月，熊国炳率西路军后勤总部和红九军余部组织临泽突围。部队在雪地里被马步芳骑兵队冲散，熊国炳单枪匹马冲出敌阵。战马中弹死去，熊国炳头部和脚部受伤，趴卧雪窝难以动弹。至半夜，幸得两位战友寻来，将其救下。

在寻找部队途中，熊国炳与五名战士被马步芳骑兵俘获。敌方不认识熊国炳，见他穿着破烂，双脚冻坏，当作普通士兵关押，后被受雇于"马家军"的裕固族看管放行。熊国炳带伤西行，到酒泉屯升乡被当地百姓救治后送到酒泉城。熊国炳在一家醋坊做帮工并重新安家，得以躲过国民党的悬赏搜捕，但已失去了与党和红军的联系。

全国解放后，人民政府公开寻找散落的红军官兵，熊国炳如实填写了参加革命登记表，获得补助款50元、麦子4石。1960年10月，这位曾经身披红军战袍，为川陕革命根据地作出巨大贡献的老人在酒泉去世。生前，曾有四川乡亲问他，为何不向党组织提出要求,恢复红军高级干部待遇。熊国炳回答说:"川陕根据地出去的那么多人都死了,而我还活着,我怎么能去向组织要求待遇!"(《通江县志·人物志》)

这样的人物故事,在通江还有很多。去米仓山踏访红军足迹,时有偶遇令我感慨。

那天从广家店老龙洞探访通江源后,去碑坝镇投宿。在镇上走了一圈,唯一的旅馆却关着门,无人经营。其时天色已晚,向镇口人家询问还有没有什么车能让我另投他处。那家主人是个中年汉子,正忙着收拾山上采回的野生蘑菇,听见问询,便说:"没有车了,你要等到明天,有班车,也有过路车。如不嫌弃,你可以在我家住一晚,也可以跟我们一起吃饭。我姓唐。"

老唐的话让我放松下来,一边与他攀谈,一边动手帮他收拾蘑菇。见我笨手笨脚的样子,老唐笑起来,说:"你不用客气,出门在外,难免有为难的时候,互相帮助是很自然的事。我们家也一样,世代都不安分,喜欢到处跑,也得到过很多人的帮助。"

"哦,能不能讲讲?我是个作家。"我的好奇心一下被勾起来。

"我猜到了,你是来找故事的。那就说说我爷爷吧,他是老红军。"老唐打开了话匣子。

老唐的爷爷唐明开,世居四川通江,1903年出身于一个中医世家,从小受到良好教育。唐明开少年时就去过成都、重庆、汉口、西安等地,边求学边游历。19岁回到通江,成为中学教师并秘密加入中国共产党。红军入川后,唐明开成为川陕苏区一名宣传干部,他口才好,善演讲,曾动员3000多名通江青年参加红军。

1935年初,红四方面军撤离通南巴开始长征。其时正值妻子生病,唐明开征得党组织同意,把两个儿子托付给战友,随主力部队一道长征,自己留下照顾妻子,同时作为留守人员转入地下斗争。两个"少年红军"都完成了长征。长子唐高义随解放军打回四川,1950年退伍回到通江老家,与很多有着光荣革命经历的老兵一样,成为新中国农民。次子唐志明在部队提了干,后转业到重庆,任南桐矿区红卫采石场场长。

留下来的唐明开不可避免地经历了生死考验。国民党军队占领通江后,唐明开被人"点水"遭逮捕审讯,两条腿被打断。后经通江社会名流杨大献医生担保出狱,但已成残疾。

唐明开不甘心自己的革命生涯就此结束,在疗伤期间设法打听红军的去向。得知一个红军战友的消息后,他以为儿子治病为由,把妻子和刚满7岁的小儿子带上,乘船离开通江,经平昌、石桥、三汇、云门等地,到合川溯涪江而上,在中江县与那位战友会合。而此时全面抗战爆发,第二次国共合作开始,红军改编为八路军,两人便放弃了继续寻找红军的计划。唐明开化名李木森,以自幼所学中医知识,在中江开了中医诊所,一家人以此谋生。

全国解放前夕,唐明开敏感地意识到老家将要解放,于是举家回到通江县陈家坝,在土改中分到了土地。此后唐明开终生务农并成为受人尊敬的赤脚医生。虽然因找不到当年的介绍人证明，党组织关系一直没有恢复，但他仍保持了红军的传统，教育后代听党的话，踏实做事。

20世纪70年代，通江县民政局为唐明开颁发了《红军散落人员证明书》。此时唐明开把一把秘密收藏了半个世纪的马刀，捐献给通江县文化馆，这把马刀成为了珍贵的红军文物。

红军爷爷唐明开的经历，与很多"红军散落人员"一样，充满了曲折与坎坷，也不乏信仰和坚强。我有幸听到他后人的讲述，却已无法从典籍或方志里找到材料来查证。老唐说，爷爷去世后，他们几次搬家，那张《红军散落人员证明书》也没有保存下来。红军博物馆里有无数把马刀，现在也分不清哪把是爷爷的了。这故事大概率不能进入"正史"，但老唐的讲述朴实、真诚，红军爷爷的故事令我感动，所以我还是记录了下来。

三、毛浴镇与佛头山

这里再说说宕水。宕水因水量大于诺水，清末以来被称为大通江，早前也被称为巴水。清雍正《四川通志·山水·通江》载："巴水，又谓之宕水，源出汉中府西乡县界，入县境南流二百三十里至水口……过毛裕镇，又西南流五十里合诺水，又东南流三十里入巴州界。"

这里的关键词除了巴水即宕水、诺水即小通江外，还有

毛浴镇南门石墙红军标语

毛裕镇（清末更名毛浴镇）。毛浴镇历史悠久，明总兵府、清守备署设立于此，"以镇川北"。娘娘庙古塔及城隍庙、火神庙、张爷庙、观音庙、关帝庙等古遗址保留至今。

毛浴镇最令人称奇的，是20世纪30年代红军留下的地面文物比比皆是。中共川陕省特委机关、赤江县苏维埃政府、红四方面军总医院、川陕工农总医院、西北革命军事委员会招待所、红四方面军政治工作会议会址、列宁小学、古城门石刻红军标语，以及红军拴马林、红军树等全都保存完好。整个镇街几乎就是一座露天的红军博物馆。

1934年11月，红四方面军在毛浴镇召开全军党政工作会议。会议确定的"智勇坚定、排难创新、团结奋斗、不胜不休"的红军训词，成为"红四方面军不朽的军魂"（毛浴镇红军历史陈列馆《前言》）。

史籍还记载，红四方面军在毛浴镇党政工作会议期间，确定了新的战略行动方针，即"会合中央红军""北上抗日"。在此方针指导下，红四方面军最终实现了与中央红军在长征途中的会师。毛浴镇在川陕苏区和红四方面军发展史上的地位，由此可见一斑。

在毛浴镇下游一个叫小江口的地方，诺水与宕水也实现了历史性的会师。通江由此开始，以更加浩荡宏阔的气势，由北向南奔腾前行。通江不久又与渠江西源巴河，在平昌县江口镇实现了会师。

通江与巴河的这次会师规模更加宏大。我在平昌城巴河南岸，登上一幢尚未封顶的超高层建筑，观赏被称为平昌两江汇的自然景观，瞬间仿佛看见了重庆两江汇，奇妙无比。

平昌亦有"小重庆"之称。在县城码头广场，一位姓何的退休教师告诉我，他年轻时的平昌，码头热闹非凡，江上木帆林立，往来舟楫，上可至巴中、通江，下可至渠县、合川。"我也坐船去过重庆，平昌跟重庆一样，既是江城，也是山城，佛头山就是平昌城的制高点。"何老师说这话时，一脸自豪。

平昌佛头山既是制高点，亦为人文重地。由若干山峰组成的天然卧佛，堪称奇景。而建在山上的刘伯坚纪念馆，更为这座名山增加了厚重与肃穆。

刘伯坚（1895—1935年），平昌县龙岗乡人，1922年赴欧勤工俭学，其间加入中国共产党，曾任中共旅欧总支部

平昌两江江（左巴河右通江）

第三任书记（前两任为赵世炎、周恩来），是聂荣臻、蔡畅等的入党介绍人。回国后历任中央苏区军委秘书长、红军党校政治部主任。

1931年刘伯坚与赵博生、董振堂一道，组织领导了"宁都暴动"，将国民党二十六路军成功改编为中国工农红军第五军团。刘伯坚任军团政治部主任，与肖劲光、何长工、黄火青、左权、程子华一道，成为红五军团政治工作的坚强堡垒。长征中，红五军团殿后，成为中央红军的"铁流后卫"。刘伯坚亦被毛泽东赞为"我党我军政治工作第一人"（平昌刘伯坚纪念馆碑文词）。

1935年3月，刘伯坚率部在江西信丰县与国民党军激战，突围时为掩护战友左腿负伤，被俘遇害。

纪念馆陈列的国民党审讯记录（档案复制件）中，刘伯坚面对威逼利诱，坚持信仰、毫不动摇的气概跃然纸上，读

刘伯坚审讯记录（平昌刘伯坚纪念馆）

来令人动容。他在敌人监狱里留下的《带镣行》，成为现代诗歌的经典作品，长久为人传诵：

带镣长街行，蹒跚复蹒跚，
市人争瞩目，我心无愧怍。
带镣长街行，镣声何铿锵，

市人皆惊讶，我心自安详。

带镣长街行，志气愈轩昂，

拼作阶下囚，工农齐解放。

四、合州城与双江镇

　　通江与巴河在平昌汇流后，河名以"河源惟长"的惯例，统称巴河。尽管此时的通江，水量仍明显大于巴河，却一如既往地保持了低调，"夫唯不争，故天下莫能与之争"。通江或是河流中的智者。

　　巴河继续南流，到渠县三汇镇，与源自大巴山东南，古名通川水的州河相汇，于此始称为渠江。也因为此，历史上便形成了巴河、州河、渠江各自独立、互不隶属的观念，"三汇"一名由此得之。直到今天，当地居民仍习惯把三汇镇叫作三江汇流处，并把北坝、沙湾、石盘三个码头，分别对应于巴河、州河、渠江。

　　原本由两条河汇合生成的渠江，在人们心里固执地成了这条河的"老大"，理由何在？答案其实已由史籍给出。如前所述，渠江以及渠县得名自宕渠，早自秦汉以来，今巴中、广安与达州地区部分区域即属古宕渠县、宕渠郡。宕渠郡的原住民正是巴人的一支賨人，曾为刘邦建立汉朝作出贡献。《华阳国志·巴志》记载："宕渠盖为故賨国。今有賨城、卢城。"考古发现，这个賨城就在今渠县境内，距三汇镇不过十来公里有其城坝遗址。渠县为古賨国和宕渠郡之首县，渠江纳通、南、巴、达众河而为共名,历史逻辑在此。

三汇之后,伟大的渠江继续前行,流经广安、岳池,最后在重庆府合州云门镇注入嘉陵江,完成了自己的使命。

合州,古名垫江,今名合川,是嘉陵江中下游的集大成者,无论是自然地理、社会历史还是文化积淀,都有令人瞩目的贡献。2300多年前,这里便是"巴国别都"。南宋时期又以钓鱼城的坚守,令强大的蒙军刮目相看,让亚欧各国为之瞩目。

至于水文,合州展开无比宽大的襟怀,让嘉陵江在城区十公里范围内,左携宕渠,右纳涪水,实现了母亲河与两个孩子的团聚。

这年初冬,我在南津街登上文峰塔顶,极目远望。三江汇流(这次名副其实了)的壮阔景象,令我瞬间对天空、大地和江水失去了辨别力,只觉一片混沌,无边无际。嘉陵江三大支流白龙江、渠江、涪江,合州独纳渠、涪二支,最有资格对其作出判断总结。她的确这样做了:

(渠江)《水经注》谓之宕渠水,又名渝水、潜水。寰宇记:渠江源出万顷池,经巴、达、渠等州,广安军界,至州东北十里与嘉陵江合。

(涪江)《水经注》:涪水南至小广魏县,南入于垫江,亦谓之内水……《府志》:自遂宁白禅入安居县界……至州东南入(嘉陵)江。

——清雍正《四川通志·山水·合州》

203

《四川通志》的总结,将渠江和涪江历史上的称谓及主要流程,都作了一次梳理,为今人了解嘉陵江提供了寻访线索和想象空间。譬如涪江,上游和中游不用多说,江油、绵阳、射洪、遂宁等属于川西和川中文化圈,历来底蕴深厚,名家辈出,李白、陈子昂、张鹏翮等即出于此。而更近嘉陵江干流的涪江下游,则以巴地的独特文化引人瞩目。

安居,明清时期为遂宁州安居县。就是这样一个内陆小县,亦涌现了大理寺卿、翰林院学士、《四库全书》编修、五省巡抚等大批"走出去"的人才。

重庆潼南,原属遂宁州,清雍正十二年(1734年)为潼川府属地,民国三年置潼南县。早在宋代,潼南便走出了易学大家陈抟。近代从潼南双江镇走出的早期共产党人杨闇公,更为嘉陵江文化渲染上深红的底色。

杨闇公(1898—1927年),出身于双江世家,15岁考入南京军官教导团学习军事,19岁赴日本留学并接受马克思主义思想,26岁在成都发起成立中国青年共产党,同年正式加入中国共产党。

1926年,28岁的杨闇公与吴玉章一道,将四川省内的共产党组织联合起来,成立了中共重庆地方执行委员会,并经党中央批准担任书记。同年11月,重庆地委设立军事委员会,杨闇公兼任军委书记,朱德、刘伯承任委员。重庆地委军委策划的第一项军事行动,便是"泸顺起义"。

其时,朱德由国民革命军总司令部任命为川军杨森部20军的党代表,根据重庆地委军委的分工,朱德从万州来到重庆，负责与川南的刘湘部队接触，争取策动部队支持北伐革命。刘伯承则负责"泸顺起义"的具体实施。在此之前，刘伯承已是闻名全国的蜀中名将，杨闇公也很钦佩他的军事才能，曾在一则日记里写下这样的赞语："伯承确是不可多得的人才，于军人中尤其罕见。"（《杨闇公日记》，重庆市渝中区杨闇公旧居陈列展）

1926年12月1日，在中共重庆地委军委的策动下，川军泸州驻军宣布起义，攻占龙透关，控制全城。12月10日，杨闇公、刘伯承与川军驻顺庆（今四川南充）、合川部队共7000人，在顺庆果山公园举行誓师大会，宣布起义。"泸顺起义"震动全国，也引致反动军阀疯狂反扑，起义部队在敌众我寡的情况下，先后撤离顺庆和泸州。起义虽然失败，却以"中国共产党独立领导武装斗争最早尝试"载入史册。次年8月1日朱德、刘伯承与周恩来、叶挺一道组织领导了南昌起义，为创建人民军队打响了第一枪。

1927年3月31日，中共重庆地委组织市民，在通远门打枪坝举行"重庆各界反对英美炮击南京市民大会"，遭到刘湘、王陵基血腥镇压，死亡130多人，千余民众受伤。其后杨闇公遭敌人逮捕并于4月6日被害于重庆佛图关下。杨闇公是大革命时期在重庆牺牲的职务最高的中共领导人。

杨闇公被捕后，党组织和杨闇公家人曾设法营救，并将其"为党牺牲、不死九泉"的精神传扬于世。一篇由杨闇公父亲撰写的祭文对此做了真实记录：

205

杨淮清《祭子文》（重庆潼南杨闇公故居陈列馆）

尚述（杨闇公名）英灵初五惨况，家中均已尽悉。但托诸友营救，连日苦无善策。家人痛心，匪言可及。惟尔生前富贵不能淫，临难威武不能屈。知尔为国宣劳，为党牺牲，日来含笑著大礼服，印我脑筋。尔之精神，不死九泉，故无遗恨矣。我垂死老朽，尔无我念，当有灵日常拥护。尔颁（斑）白苦境之老娘、青年单身之少妇、岁半弱女、月半孤儿，安康平福，目睹尔最后之光荣，释我愿耳。今须（虽）

与尔永别，不久我亦当与尔见面于地下也。

民国十六年阴历三月初十淮率家人痛书。

通南巴与涪江两岸的赤色印痕那么深沉，所显示的，或是一个古老民族觉醒与抗争不可遏阻的力度。

卷十　现代视界

（汉水）又东南，过江州县东，东南入于江。涪水注之，庾仲雍所谓涪内水者也。

——《水经注》卷二十

一、鸭嘴码头与北碚

《水经注·漾水》篇，写到宕渠水、涪水分别"入于汉"，亦即在合州实现三水合流后，郦道元似乎已经没有兴趣再写下去了，只用一句话便告结束。这大概是因为，嘉陵江在下游，即今重庆合川以下已没有大水量的支流了。

山还有，亦不乏险峻，如缙云山、金剑山、中梁山，却已是华蓥山的余脉。华蓥山脉的主要水源，在达州、广安、合州境内已由渠江收纳汇入嘉陵江。

假如郦道元地下有知，大概会遗憾生得太早。假如他活在近代中国，相信以他的才华与执着，定能在嘉陵江下游记下更多精彩的故事。譬如合州鸭嘴码头，就曾发生过一件影响深远的大事。

清咸丰元年（1851年）十一月，重庆府合州（民国二年改为合川县）衙署召集安居帮、草鞋帮、纸扒帮（俗称小河船帮）和三峡帮、本帮（俗称大河船帮）的帮首，及州城码头协办官差徭役人员开会，调解差役与船帮在征收厘金（税费）过程中发生的纠纷。三方通过协商，最终达成一项"共敦和好，永息讼争"的协议。协议具体规定了各船帮协助征收厘金的数额，如"封安居帮稍船至渝发给钱二百四十文""封本帮稍船至渝发给钱一千二百文正"等。

这里的"封",意即冻结、永久确定,官府和船帮都不能随意增收或少缴厘金,因此被称为《永定章程》。《永定章程》最后刻成石碑立在鸭嘴码头上,现藏于重庆中国三峡博物馆。

在"溥天之下莫非王土,率土之滨莫非王臣"的时代,合川《永定章程》的出现,成为官府与民间利益博弈中一个标志性事件。其背景则是"鸦片战争"之后,

清合州船帮《永定章程》(重庆中国三峡博物馆)

中国社会开始"睁眼看世界"。在此之后,嘉陵江见证了影响中国内陆社会变化的一系列事件。

清咸丰十一年(1861年),英国皇家地理学会探险家托马斯·布莱基斯顿,进入长江上游和嘉陵江流域考察,随后建议英国政府进入重庆及周边地区寻找商机。

光绪二年(1876年),清朝廷与英国签订《中英烟台条约》,照准英方派外交人员到重庆设点驻扎,"查看川省英

商事宜"，准备条件开放口岸通商。

光绪十六年（1890年），清朝廷与英国再签《新订烟台条约续增专条》，第一款便规定："重庆即准作为通商口岸，与各通商口岸无异。英商自宜昌至重庆往来运货，或雇佣华船，或自备华式之船，均听其便。"

光绪十七年（1891年），重庆海关开关，重庆正式开埠。

光绪二十四年（1898年）三月九日，英商立德乐带领"利川号"轮船驶抵重庆码头，完成了一次溯流而上穿越三峡的冒险之旅。川江和嘉陵江进入机动船时代，主要商机由外商控制。

面对洋船、洋货、洋商的冲击，不甘落伍的川人开始了"偷师学艺"。宣统元年（1909年），第一艘华资轮船"蜀通"号，打破外籍轮船的垄断，加入川江航运队伍。"华川""川路"等川籍轮船相继加入。

20世纪20年代，卢作孚创建民生公司，"民生""民本""民安""民勤"等数十艘民字头系列轮船成为川江最大规模船队，标志着中国民族实业由此占据了内河航运的主导地位。古老的嘉陵江也迎来现代化曙光，很多标志性建设工程，多有卢作孚的作为。

卢作孚1893年出生于合川，求学、创业也从合川开始，1925年民生实业公司在此成立，首艘"民生"轮开行的第一条航线便是合川至重庆。之后，卢作孚以北碚为实业总部，先后在此创办了天府煤矿公司、北川铁路公司、三峡染织厂、中国西部科学院、兼善中学、北碚女子职工学校、民众会堂等，为北碚的城市现代化奠下了基础。卢作孚因而被誉为"北碚之父"。

抗战时期，重庆成为中国战时首都，卢作孚出任国民政府交通部常务次长。1938年，日军占领武汉，卢作孚在宜昌组织指挥民生公司全部船只，经过40昼夜抢运，将迁川工厂多达10万吨工业设备、物资运往大后方，保存了中国民族工业的命脉，史称"中国的敦刻尔克大撤退"。

民生公司在中国现代化进程中的传奇曾一度中断，后在改革开放时代得以续写。新的"执笔人"，是卢作孚的次子卢国纪。

1983年12月，时任中共中央总书记胡耀邦乘船从武汉溯江而上，考察长江黄金水道。在重庆，胡耀邦强调："必须打破国营企业一统天下的局面，允许集体、民营企业一齐上，不要让长江之水白白向东流。"（《当代民生公司发展史》，长江出版社，2013年）

重庆市委和市政府很快作出决定，帮助民生公司重建，动员民间和社会力量，开发长江航运，促进经济发展。市里找到卢作孚之子、重庆市煤炭工业管理局副总工程师、中共党员卢国纪，以传达总书记指示的方式，请他挑起民生公司重建的重担。

听到这个消息，年近六旬的卢国纪很是意外。早在青少年时代，他已目睹了父亲和民生公司在中国航运业界经历过怎样的惊涛骇浪，创造出令人瞩目的辉煌业绩。卢国纪不想躺在父辈的成功簿上过轻松日子，自己选择考进南京中央大学土木工程系，1948年毕业后进入重庆煤矿系统，默默地做技术工作，民生公司重现辉煌只是个遥远的梦。现在那个梦瞬间被唤醒，他决定把父亲当年创造的事业继续下去。

1984年2月1日，卢国纪找来6位老民生员工，借市工商联一间办公室，召开重建民生公司座谈会，得到热烈响应，由此形成民生公司重建方案。2月13日，重庆市经委专题审议卢国纪上报的方案，决定新组建的航运企业使用"民生公司"原名，为民营集体所有制，实行独立经营、独立核算、自负盈亏，以达成"服务四化，富民强国"的宗旨。卢国纪看到，那正是父亲卢作孚强调的"民生公司最后的意义绝不是帮助本身，而是帮助社会"的理念。

2月20日，卢国纪主持召开民生公司重建筹备会，确定了首先做好三件事：制定规章制度、组建公司船队、造船。为什么不是先造船再组建船队？卢国纪解释道，公司初创，一穷二白，要钱没钱，要船没船，必须先投入生产，尽快实现滚动发展。

卢国纪先组船队再造船的想法，得到各方支持，四川省兵工局转运站将暂时闲置的"东风3号""东风5号"货轮租借给民生公司。卢国纪原工作单位重庆市煤管局批给1400吨计划外煤炭，成为民生公司第一笔运输业务。

1984年3月31日晨7时正，"东风5号"船队拉响汽笛，离开朝天门码头，开始新民生公司第一次航行。

从成立至今，民生公司随改革开放进程发展壮大，走出了一条民营企业与国家经济一齐发展的成功之路，开创了新中国航运史的多个第一：

第一支中国民营企业合营船队首航，1984年3月；

第一个开展近洋海运业务的民营航运企业，1985年8月；

第一次江海联运日本横滨至中国重庆19天行程最快纪录，1986年12月；

第一个开辟中国大陆至中国台湾直通航线的新中国航运企业，1988年1月；

第一个开办国际货物运输代理业务的民营航运企业，1990年11月；

第一对获得纪念抗战胜利（70周年）国家纪念章的中国企业家父子——卢作孚、卢国纪，2015年9月。

二、石门峡与曾家岩

嘉陵江自合川下到北碚，先后穿越被称为"小三峡"的沥鼻峡、温塘峡、观音峡，来到最后一道以危岩奇石惊艳世人的鹿鱼峡。

鹿鱼峡之名比较陌生，而记载于地方志的一个别称则较易辨识："石门峡，两石耸峙江心，各高数丈，水分三门而下，其状因水涨落为变易，故有鱼、鹿之名，犹滟滪堆之如象如

北碚观音峡可见嘉陵江八桥同框景观

马也。上有九石冈，下有牛角沱，夏秋水涨，舟行最险。"（清乾隆《巴县志·水道》）

　　石门峡，今简称石门。1988年建成的石门大桥横跨嘉陵江，连接起沙坪坝、江北两城区。石门近年还成了网红地。三峡水利枢纽建成后，这里亦为库区，水位升高，很多市民喜欢在这里游泳、跳水，比赛技艺。若干年前嘉陵江咆哮而至，切开坚硬河床，让巨岩兀立于江心，行船逆水冲关的惊险一幕，如今留在了耄耋老人的回忆里。

　　不过，与石门相伴的一个地名至今没变，即石门大桥西岸的沙坪坝中渡口。中渡口上方，嘉陵江流域第一学府重庆大学的地位也没有变。

　　重庆大学1929年成立于长江边的菜园坝，1933年迁至沙坪坝现校址。1937年全面抗战爆发，重庆大学成为国立中央大学校区，1942年重庆大学成为抗战大后方又一所国立大学。中国大批社会精英，如李四光、杨廷宝、马寅初、吴宓、吴冠中、阎肃以及后来的任正非等，都是重庆大学的校友。该校教师徐悲鸿则以自己的卓越天赋，为抗战时期的嘉陵江两岸搭起一座彩虹之桥。

1937年，徐悲鸿随中央大学至沙坪坝重大校园任教。1942年徐悲鸿寓居江北盘溪石家花园，创办学术研究性质的"中国美术学院"，聘请张大千、齐白石等为研究人员，推进中国画的研究与创作。在此期间，徐悲鸿常在石门码头乘渡船过中渡口去重庆大学授课。嘉陵江夏秋洪流激荡、冬春峡岩雄伟的景观，令这位美术教授灵感迸发。在渝八年，徐悲鸿美术创作达到巅峰，国画《巴

巴人汲水图（重庆盘溪徐悲鸿美术馆）

人汲水图》《奔马》《醒狮》《愚公移山》等成为中国现代美术经典。

《巴人汲水图》以竖幅构图把重庆依山傍水、陡崖石阶的典型环境，与底层社会生活场景糅合在一起，展示抗战大后方百姓不畏艰难、顽强生存的精神，被誉为"现代中国最具人民性和时代精神的美术作品"。徐悲鸿自撰的题图诗"忍看巴人惯担挑，汲登百丈路迢迢。盘中粒粒皆辛苦，辛苦还添血汗熬"，更将画家的悲悯情怀表达得淋漓尽致。

徐悲鸿作品的悲悯之情，具有深刻的时代烙印。其时重庆遭受侵华日军长时间大规模轰炸，城市毁坏，民生艰难，他本人亦承受了营养不良和病痛的折磨。地方史料记载，盘溪美术学院筹备期间，徐悲鸿与大家一道吃平价米，喝稻田水，后患上慢性肾炎，不得不四处求医，最后在化龙桥得到中医师黄伯清的帮助。黄伯清跟徐悲鸿一样，也是抗战初期入川的"下江人"，他以祖传医方为徐悲鸿精心调治，半年之后得以痊愈，两人遂成莫逆之交。

与很多"下江人"一样，黄伯清一家在抗战胜利后也没有返回故乡，成了徐悲鸿所认识的"巴人"。多年以后，黄伯清之子去北京求学，徐悲鸿将其安排在家里居住，并推荐去北大旁听，以至事业有成。

又多年后，黄伯清的小女儿黄雅珍承其衣钵，成为重庆市非物质文化遗产代表性传承人。那年我去化龙桥作非遗资源普查，听黄雅珍讲述其父与徐悲鸿的故事，不禁为"下江人"创造的徐氏国画和黄氏中医，对巴蜀文化的贡献深深感动。开放包容气度是一座城市积淀文化底蕴的必要条件之一，嘉陵江亦为见证者。

自石门以下，土湾豫丰纱厂、红岩村八路军办事处、李子坝交通银行学校及金库、国民参政院礼堂、三层马路史迪威旧居、飞虎队重庆驻地、鹅岭中央银行印钞厂、江北猫儿石天厨味精厂、刘家台第二十一兵工厂等全国各地内迁工厂、机构，沿嘉陵江两岸布局，成为抗战文化珍贵遗产。

而抗战重庆最具标志意义之地，则是渝中半岛西北端的曾家岩。1937年11月20日，国民政府发布移驻重庆宣言。12月5日，四川省政府通报国家机关迁渝办公。重庆立即敞开胸怀，腾出土地房屋，欢迎全国抗战机构入驻。

曾家岩与中山四路、德安里、上清寺、学田湾一带成为国民政府行政院、军事委员会、空军总司令部等机关集中地。其中军事委员会侍从室下设三个处，张治中、陈布雷、陈果夫分别负责军事、党政、人事等事务。侍从室所在的德安里有一幢单层圆形建筑，当时墙体刷成黄色，人们便将侍从室俗称为"蛋黄"，喻意国家权力核心。1945年8月，中共中央主席毛泽东从延安飞来山城，与蒋介石举行"重庆谈判"，那张举世皆知的合影便是在德安里"美龄楼"拍摄的。

辛亥革命元老林森任主席的国民政府总部，也是在曾家岩下、学田湾旁"异地重建"的，国府大楼前的公路于是称作了国府路。全国解放后，国府路更名为人民路。重庆市人民政府便建在当年的国民政府位置，成为见证20世纪中国历史演变的经典坐标。

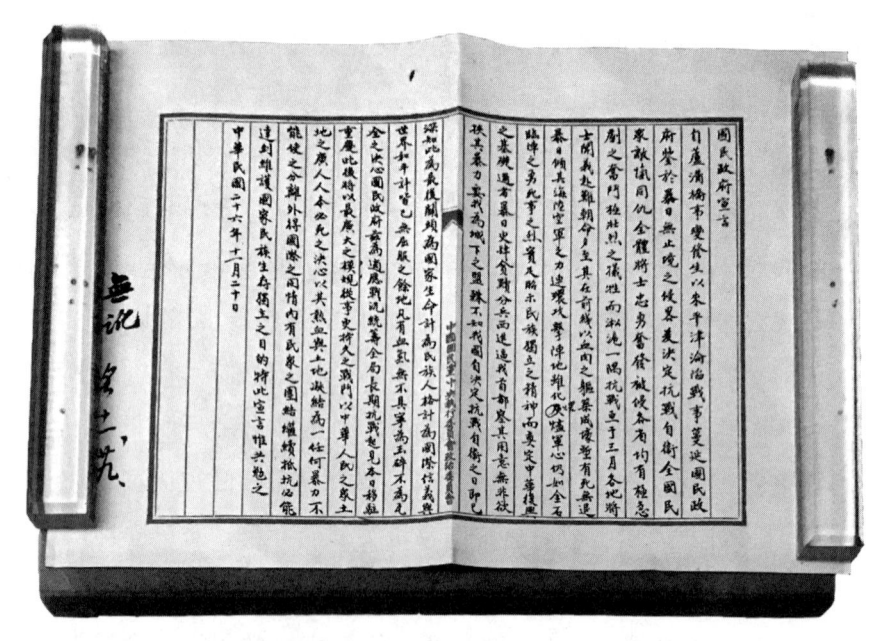

国民政府迁都重庆公告(重庆中国三峡博物馆)

位于中山四路顶端,俯临嘉陵江的曾家岩50号,别称"周公馆",是中共中央南方局城内办公地(城外办公地在红岩村),南方局外事组也在此办公。周恩来曾在这里与费正清、白修德、爱金生、史沫特莱、海明威等外国学者广交朋友,以"润物细无声"的方式,为中国共产党和未来的新中国打下广泛的外交基础。

1941年3月,美国作家海明威与妻子玛莎来到重庆,南方局外事组安排周恩来与两人会见。玛莎后来回忆,周恩来与海明威见面没有使用翻译,直接用法语交谈,"周恩来身穿一件开领短袖白衬衫,一条黑裤子和一双便鞋……他坐在四壁如洗的地下室里,但他是一个伟大的人物"。

海明威则在他的中国通讯里，真实记录了中国战场顽强抗战的事迹。在谈到周恩来时，海明威的笔触更显出了高光。他在致美国财政部长的信中写道："周恩来是一个具有极大魅力和智慧的人，他与所有国家的大使馆都保持着密切的联系。他成功地使几乎每一个在重庆与他有接触的人，都接受共产党人对于所发生的任何事情的立场。"（《中国青年报》2012年2月27日）

沧海横流，方显英雄本色。周恩来与他的战友们让曾家岩成为抗战大后方真正的中流砥柱。今日曾家岩成为网红打卡地，继续证明着这一点。

三、鹅项颈与马鞍山

曾家岩和中山四路的传奇故事，在新中国成立后继续展开。这次的主人公是刘伯承、邓小平、贺龙。

在解放大西南的进军途中，根据党中央决定，中共中央西南局正式成立，邓小平任第一书记，刘伯承任第二书记，贺龙任第三书记。11月30日，解放军第二野战军进入重庆城，重庆宣告解放。随着西南各地相继解放，中央人民政府决定设立西南军政委员会，所辖区域为"云南、贵州、西康三省，川东、川西、川南、川北四行政区，重庆一直辖市及西藏"，简称西南大区。刘伯承为西南军政委员会主席。

1949年12月，西南大区机关进驻中山四路德安里，与曾家岩"周公馆"仅一街之隔。一天傍晚，刘伯承散步来到曾家岩一侧的求精中学，驻足观望良久，并向身边人员讲述了他与这所学校的缘分。

求精中学是重庆第一所近代中学，由来华的基督教美以美会创办于清光绪十七年（1891年），原名重庆求精高等学堂。1914年，在川军熊克武部任职的青年军官刘伯承，受邀来校担任军事体育教官。一年多时间里，刘伯承为这所以外国教会理念开办的学校，注入了爱国、忠诚、勇敢、顽强的中华民族热血气质。他本人也以旁听方式，接受了现代数理逻辑的训练，在以后的军事斗争中，刘伯承将之与指挥艺术融会贯通，成为运筹帷幄决胜千里的"军神"。

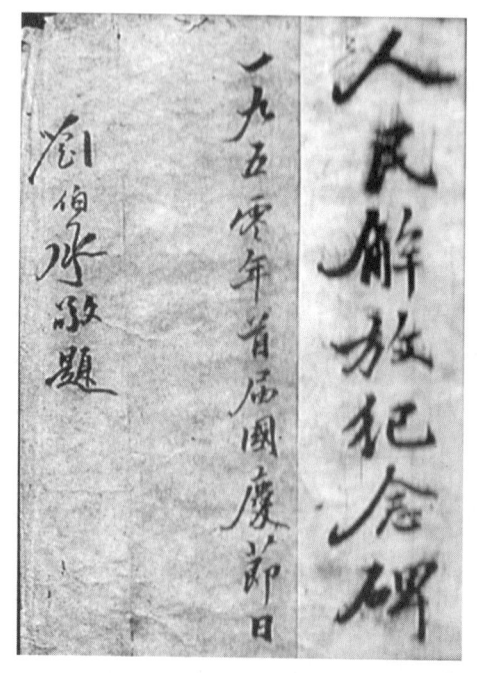

回到重庆的刘伯承，致力于城市重建和经济发展，西南军政委员会所提"建设人民的生产的新重庆"指导方针，镌刻在佛图关崖壁上，保留至今。1950年10月1日，刘伯承应重庆市各界人民代表会议之托，为城市中心竖立的抗战胜利纪功

1950年刘伯承为解放碑题词（重庆中国三峡博物馆）

碑题写新名——人民解放纪念碑,成为当代重庆的第一标志。

西南大区时代,云贵川地区经济迅速恢复发展,最引人瞩目的成就便是成渝铁路建成通车。主政大西南的邓小平,成为成渝铁路建设的直接策划和指挥者。邓小平曾说:"西南是交通第一,有了铁路就好办事。"(《邓小平西南工作文选》,中央文献出版社、重庆出版社,2006年)

邓小平这个"第一",原指通过铁路建设带动钢铁、建材、轻工和农业等基础产业复兴,从而推动经济全面发展,后来演变为一句家喻户晓的格言:"要致富,先修路。"

1949年12月,中共中央西南局和西南军政委员会,向中央提交修建成渝铁路的报告。中央迅速作出决定,将成渝铁路定为新中国第一项铁路建设工程,并提出了"依靠地方,群策群力,就地取材,修好铁路"的16字方针。

西南大区随即动员各方力量,在四川盆地开始了轰轰烈烈的铁路建设,仅使用沿线民工就达十万之众,西南军区共计3万多指战员参与建设。

在此过程中,邓小平多次召集专题会议并参加考察调研。1951年春,邓小平和一名警卫战士登上由1519号机车牵引的一台平板车,对刚铺轨的九龙坡段十公里路况进行考察,成为成渝铁路"第一趟专列的第一名乘客"(重庆铁路九龙坡站《站史》)。

1952年7月1日,重庆各界三万多人在菜园坝火车站举行庆祝成渝铁路全线通车典礼。菜园坝火车站成为全线东端的起点和终点,正式名称为重庆站。

为什么是菜园坝？

多年以后，关于成渝铁路东端起点站选址，成为很多研究者关注的一个话题。研究者将其归因于地形、远近、水情研究、建设成本等，不一而足。随着讨论的深入，一段陈年往事不断被人们提起。

重庆城市史上先后有四次筑城，分别是公元前314年秦相"仪城江州"、公元226年蜀汉"李严更城大城"、1240年南宋"彭大雅城渝为蜀根本"、明洪武初"戴鼎因旧址砌石城"。其中李严筑城时，此地仍名江州，其所筑江州城依山就势，"周回十六里"。据考证该城亦在今渝中半岛，南界起自朝天门至南纪门沿江一线，北界约为新华路、较场口一线。在汉末三国时代，这样的城市规模已然可称"大城"。

其时李严为中都护、前将军领江州都督，并作为诸葛亮的副相受刘备托孤，可谓一代能臣，要做比筑城更大的事亦不无可能，他的确也做了。他向朝廷上奏："欲穿城后山，自汶江通水入巴江，使城为州，求以五郡置巴州。"意即在江州城西边，今枇杷山与鹅岭之间切开一条运河，把长江和嘉陵江连接起来，使江州城由半岛变成全岛，成为真正的"洲"。

而李严"求以五郡置巴州"，请求将巴郡（今重庆主城到丰都忠县）、巴东郡（今渝东北）、巴西郡（今南充阆中地区）、宕渠郡（今通南巴渠县广安）、涪陵郡（今渝东南一部）合并为一个地区，使巴州成为与益州并列的蜀国半壁江山。这样改变行政区划的举措,难免让人怀疑其动机。结果是,"丞相诸葛亮不许。亮将北征,召严汉中。故穿山不遂,然造苍龙、白虎门"(《华阳国志·巴志》)。

李严的"五郡升州"奏议引发的争论,不在本书讨论范围。但他打算开运河联通长江和嘉陵江,却是一个大胆而天才的设想。除了有利于城市防御外,更有改善交通、发展经济之效。在没有公路、铁路的古代,水运是唯一便捷的交通方式,而李严"欲穿城后山"的最可能线路,便是从牛角沱到菜园坝,恰在鹅岭山下,古称鹅项颈。这样的交通设想,如今已成现实,只不过是以比水运更高效的公路隧道实现的。1967年建成的向阳隧道(长567米)和1986年建成的八一隧道(长569米)以最快捷的方式沟通两地,并在菜园坝与成渝铁路相连接。

2022年6月20日,菜园坝火车站开出最后一趟旅客列车,随后宣告关闭,紧接着成渝高铁重庆站开工兴建。建成后的成渝新线仍以菜园坝为起点,并以过江隧道方式与渝湘高铁连接,成为中国西南新的快捷运输大动脉。原来70多年前,新中国建设者们所做的,正是一件联通古今、开启未来的大事。

1952年7月,邓小平调到中央任国务院副总理。贺龙继续主政大西南,直到1954年亦调任国务院副总理。而他们在渝期间推动的两项民心工程——大田湾体育场馆、重庆市人民大礼堂,也成为重庆城市现代化进程中闪亮的坐标。直至今天,大田湾体育馆广场上的"贺龙与运动员"雕塑,仍

朝鲜艺术团成为第一个在重庆市人民大礼堂演出的文艺团体（大礼堂管理处）

被人们亲切地称为"贺龙像"。

1951年夏，重庆市人民大礼堂（原名西南军政委员会大会堂）开工兴建，选址于曾家岩与马鞍山之间的一片洼地，由军政委员会办公厅工程处负责工程建设。工程处建筑师张家德担任设计并组织施工。其时重庆与全国一样，仍处在经济恢复阶段，所有建设项目必须精打细算，厉行节约。贺龙一直关注着工程进展，多次到马鞍山现场解决实际问题。在基础工程紧张施工阶段，贺龙司令员一声令下，西南军区200多名指战员来到工地，专啃挖山、凿岩、爆破等"硬骨头"，为工程顺利推进立下功劳。

1954年4月，重庆市人民大礼堂提前两个月竣工。其富含巴蜀山地建筑特色和民族气派的造型设计，一经亮相即惊艳世界。自20世纪50年代至今，人民大礼堂一直是重庆对外交流的重要场所，被称为"最豪华的客厅"，荣获中国建筑学会建国60周年建筑创作大奖（2009年）、首批中国20世纪建筑遗产名录（2016年）等荣誉，并被英国皇家建筑学会和剑桥大学《弗莱策建筑史》收录为新中国经典建筑第二名。

四、洪崖洞与朝天门

1997年3月14日，第八届全国人民代表大会第五次会议表决通过，将重庆设为第四个中央直辖市。重庆自此进入发展快车道，并以肉眼可见的速度突飞猛进。嘉陵江再次成为重庆现代化发展的见证者。

据统计，截至2023年，嘉陵江重庆段合川、北碚、渝北、沙坪坝、江北、渝中区152公里江面，共建成包括公路桥、铁路桥、轨道交通桥、公路铁路两用桥、公路轨道两用桥等不同种类的跨江大桥36座，平均4.2公里就有一座。加上长江重庆段691公里江面上的39座跨江大桥，重庆于是获得"世界桥都"之称。而这些跨江大桥绝大多数是在重庆直辖以后修建的。

若问嘉陵江上所有大桥中，知名度最高者为谁？可能非千厮门大桥莫属。

千厮门大桥位于渝中半岛东北部，与朝天门两江汇仅隔一个码头，为嘉陵江上的最后一座大桥，2015年建成通车后，千厮门大桥迅速成为"网红打卡地"。国内外游人不仅对千厮门大桥本身的美赞不绝口，更对其所处魔幻般神秘的山水背景充满好奇。那个地方就是洪崖洞。

洪崖洞的走红，可能不仅因为那一片长在悬崖上的街区，集中了各类美食、特产以及吊脚楼等巴渝特色元素，更在于它本身蕴藏的历史文化底蕴。

早在五百年前，"洪崖滴翠"即已列入明代"渝州八景"。清乾隆年间重评"巴渝十二景"，"洪崖滴翠"再次入选。古人如此重视此景，理由其实在"洪崖洞"名称便有体现。清乾隆《巴县志》记载："洪崖洞，《通志》：在县西三里，一名滴水崖。苍岩翠壁，中悬巨石嵌空，上有瀑泉泻出。崖前刻苏轼、任仲夷诗，黄庭坚题。"

这里的《通志》，即清雍正年间编撰的《四川通志》，它对景观的选择以年代惟远为标准，仅列出宋代三人。其实洪崖洞的古代岩刻还有不少，后来的地方志亦有记载：

"洪崖洞"，篆书，明郡守黄思明书。"滴珠泉"，在洪崖壁，黄恭万书。"洪崖一景"，镌洪崖洞岩石上，郡守陈邦器书。

——民国向楚《巴县志·艺文·岩刻》

千年遗墨，贵为珍宝。没有历史文化遗产托底的城市景观，其价值通常会大打折扣。这一点，在清代"巴渝十二景"中名列第一的"金碧流香"，近年也逐渐为人们重新认识，并与当代出现的交通奇观长江索道一起成为"网红"。这个曾被遗忘之地如今有个新名称——"云端之眼"。

2022年央视春晚,一个名叫《行云流水》的武术节目,把建在渝中半岛东端新华路上的一幢摩天大楼及其大山、大河、大视野,惊艳地呈现在亿万观众面前。武术家施展精彩功夫的平台就是"云端之眼"。

其实"云端之眼"大楼本身的历史并不悠久,2020年才告落成。建筑总高也不过72层287米,在重庆城区的摩天楼群中,排位也在前十名之后(最高为化龙桥陆海国际中心100层468米)。但它却被很多市民,包括央视等媒体视为"山城第一高度"。原因也简单,它占据着山城重庆自然地理的制高点,也是城市历史遗痕最厚实的地界。

先秦至南北朝时期,今渝中半岛称为江州,意为江水环抱之山地,亦名巴山。清乾隆《巴县志》:"巴山,在城内郡城坐山……江水以三折而成巴字,故江曰巴江,县曰巴县,则山自名巴山。"

声明一下,这里的名词"巴山""巴江""巴字"等亦曾出现在古代典籍对今四川巴中地区山水的描述里。前卷《赤色巴涪》里亦曾引用过,我无意在此为上述名词所赋对象争夺所有权。

历史意义上的"巴"是个非常大的概念,沿自上古巴人活动之地,以及巴国在先秦时期留下的深刻印痕,故有秦岭南缘的"大巴山"及渠江上游"巴河"等称谓。而由古代巴国"都江州"史实沿袭下来的"巴山""巴江""巴水"等概念,亦只需放进历史的档案库里,成为今人认识此地或彼地山水与历史文脉的向导。譬如秦岭之南的"巴山",与渝中半岛之"巴山",既有大小分别,亦血缘相近,如一家兄弟,都认同一个嘉陵江母亲,这就很好。

回到本题。清乾隆《巴县志》所说巴山的主峰金碧山,得名于汉代所建金马碧鸡祠。"金碧流香"瀑布景观,亦因此得名。金碧山的另一名称"第一山",则得自北宋苏东坡题写在金碧山崇因寺的山门牌坊。《巴县志·寺观》记:"崇因寺,在治北……牌坊'第一山'三字相传苏东坡书。天顺二年,钟铸渝城八景诗。"

明清时期的金碧山下,密集地分布着川东道台、重庆府署、巴县衙门及县文庙、府城隍庙、县城隍庙、双状元碑等,该地因而被称做"江州结脉处"。翻译成现代语,即城市文脉所在地。

我曾有幸与金碧山长久相依。小时候我家距此不远,新华路上的人民剧场、工人电影院、青年宫、露天电影场和游泳池,是常去之地。青年宫后来更名为重庆市艺术馆,与其紧邻的25中学,正是古崇因寺,后名长安寺,今"云端之眼"之所在。25中学仍然存在,只是校园收缩了一半,学生也少了许多。25中和市艺术馆东侧下方是人民公园和渝中区文化馆,其所倚山崖,恰是"金碧流香"瀑泉涌流处。

在"云端之眼"俯瞰渝州山川与当代重庆城,别有一番韵致,最显眼的便是朝天门和来福士广场。

2019年夏秋之际,来福士广场一经建成亮相,立即引起国内外众多媒体及政商学界的关注,高度赞扬与严厉批评尖

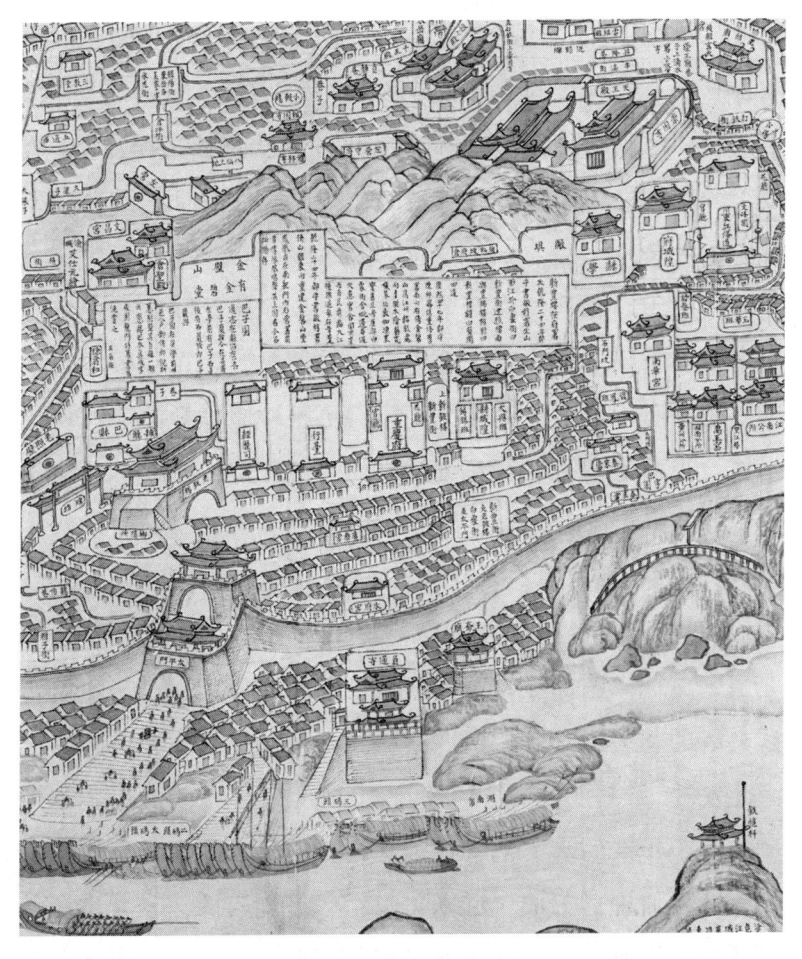

清《渝城图》之金碧山江州结脉处（山城故事馆）

锐对立，几乎成为一个国际性事件。

　　的确，它本来就是个国际合作项目。2015年11月，中国和新加坡两国政府签署《关于建设中新（重庆）战略性互联互通示范项目的框架协议》，来福士便是协议中的首个示范性工程，同时也是"一带一路"国际合作示范项目，由新

231

加坡凯德集团投资建设，著名建筑设计师摩西·萨夫迪担任项目总设。工程实施则由中国建筑总公司第三、第八工程局，重庆南江地质勘察院，重庆市设计院，重庆赛迪工程咨询（监理）公司等协力完成。中国"基建狂魔"的大批精兵强将齐聚渝中半岛。

出生于以色列的摩西·萨夫迪，事业遍及欧美、中东、东南亚。来到重庆，萨夫迪立即"着了迷"。在他眼里，重庆既是一座十分古老的东方之城，更是一座非常前卫的现代之城。当接触到重庆合作方提供的项目环境信息后，他的着迷程度更是无以复加。

典籍记载，约当三千年前，五落钟离山的廪君部巴人沿清江西进，经过漫长的跋山涉水，来到长江上游的江州建都立国，史称"巴都江州"。廪君巴人最初的定居点，便是两江夹峙的朝天门。其后的"仪城江州""李严城大城"等都由此发端。

两千年来的水文记录也刻在朝天门沙嘴的石盘上，称为丰年碑。"碑形天成，见则年丰，一名雍熙碑，一名灵石。汉晋以来皆有刻，非江水涸极不可得见。"（清乾隆《巴县志·古迹》）

南宋淳熙十六年（1189年），宋光宗升恭州为重庆府，有丰年碑吉兆史的沙嘴成为面向朝廷"迎官接圣"之地，朝天门地名就此产生。

2006年4月，重庆市人民政府常务会议作出决定，将重庆公路"零公里"标志设定在朝天门广场中央。朝天门正式确认为重庆城市原点。

从"丰年碑"到"零公里",千年历史印记令年届八旬的萨夫迪瞬间迸发出孩童般的灵感:"这个城市有航运传统,我于是有了帆船这个想法。这艘船就是重庆,朝天门是船头,因为这里是通往城市的大门。"

来福士广场工程面临的挑战也是空前的。"重庆有大雾、高温、风和地震,城市有高有低,甚至水位更低。要同时解决所有这些问题,是我们所做过的最艰难的事情之一。而这也给了设计师一个机会,难题一旦破解,现代建筑史的新纪录便可能创造出来。"萨夫迪如此说。

这个新纪录的确创造出来了。来福士广场共有八座塔楼,中间四座距地面250米高处,萨夫迪设计了一条长达300多

摩西·萨夫迪手绘来福士广场灵感图(凯德重庆公司档案)

米、空高26.5米的全封闭水晶连廊将其连接，实际是一座横向、曲度的摩天大楼。连廊内栽种的100多棵热带大树及其他绿植，构成一个完整的高空生态系统。来福士广场由此获称"现代版巴比伦空中花园"，不同的是，它的建造者来自世界各地，面向的也是世界与未来。

自秦岭发源的嘉陵江经1345公里奔流，终于来到朝天门，与格拉丹冬雪山孕育的万里长江激情相拥，携手向北，转而东下，共同奔赴最终的归属地中国东海。如此浩大壮阔的天地之旅，从起点到终点，理当有足够隆重的迎接与启程典礼。朝天门承载着嘉陵江流域数千万人的重托，以历史与现代相融合的方式启动了这个典礼。

庄严乎？幸运乎？我从小就熟悉亲近的嘉陵江和朝天门！